共和政の樹立

小説フランス革命12

佐藤賢一

集英社文庫

共和政の樹立　小説フランス革命12

目次

地図・関連年表デザイン／今井秀之

【前巻まで】

1789年。飢えに苦しむフランスで、財政再建のため国王ルイ十六世が全国三部会を召集。聖職代表の第一身分、貴族代表の第二身分、平民代表の第三身分の議員がヴェルサイユに集うが、議会は空転。ミラボーやロベスピエールら第三身分が憲法制定国民議会を立ち上げると、国王政府は軍隊で威圧、平民大臣ネッケルを罷免する。激怒したパリの民衆はデムーランの演説で蜂起し、圧政の象徴バスティーユ要塞を落とす。王は革命と和解、議会で人権宣言も策定されるが、庶民の生活苦は変わらず、パリの女たちが国王一家をヴェルサイユ宮殿からパリへと連れ去ってしまう。

王家を追って、議会もパリへ。タレイランの発案で聖職者の特権を剝ぎ取る教会改革が始まるが、難航。王権擁護に努めるミラボーは病魔におかされ、志半ばにして死没する。

ルイ十六世は家族とともに亡命を企てるが、失敗。王家の処遇をめぐりジャコバン派から分裂したフイヤン派は対抗勢力を弾圧、流血の惨事に。憲法が制定され、立法議会が開幕する一方で、革命に圧力をかける諸外国に対抗しようと戦争を望む声が高まる。

1792年、王とジロンド派が結び開戦するが緒戦に敗退。王の廃位を求め民衆が蜂起する。

革命期のフランス

革命期のパリ市街図

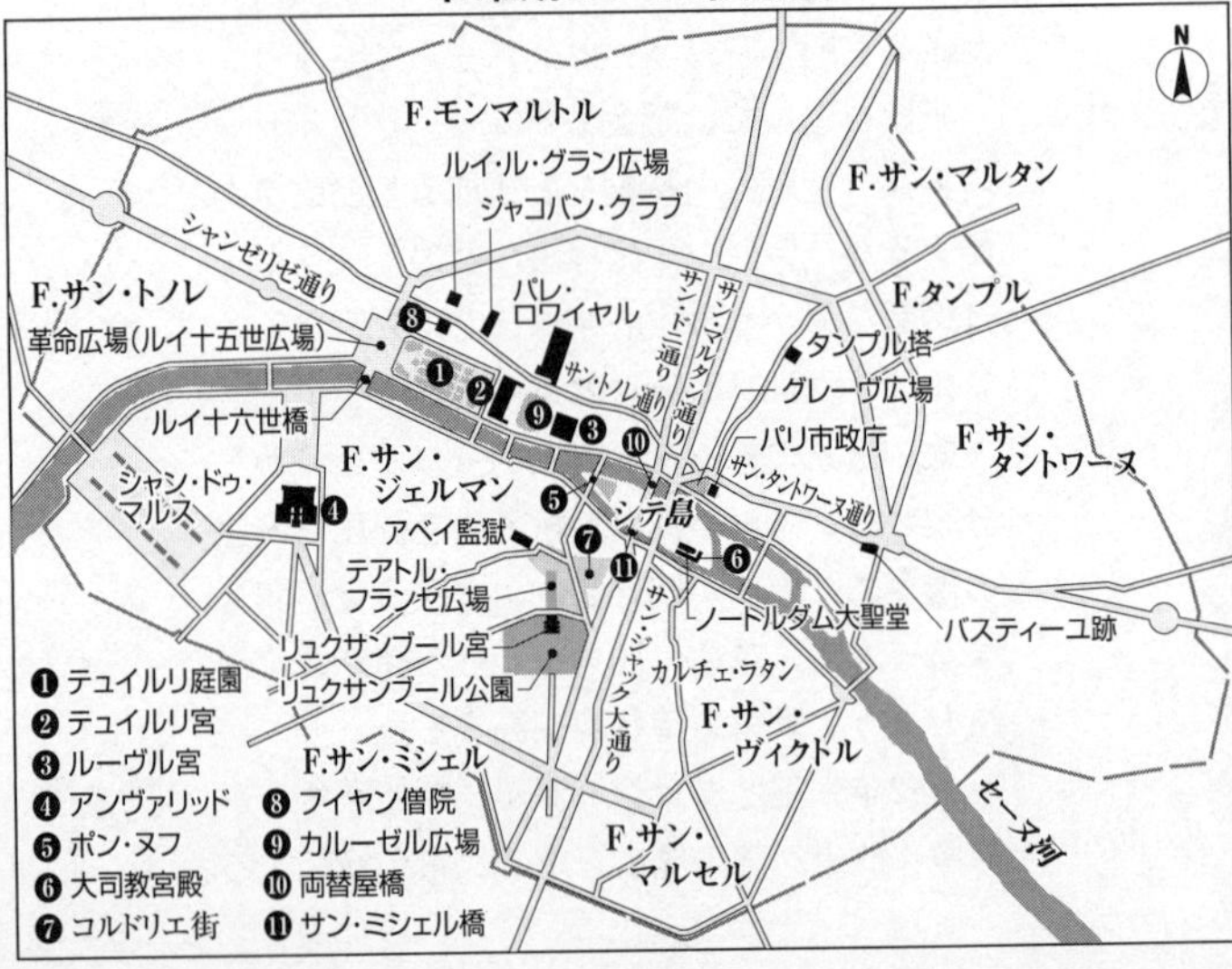

＊主要登場人物＊

ルイ十六世　フランス国王
ロベスピエール　ジャコバン・クラブ代表。弁護士
デムーラン　元新聞発行人。臨時執行評議会の法務省書記官長（国璽尚書）
ダントン　臨時執行評議会の法務大臣
マラ　新聞発行人。自称作家、発明家
サン・ジュスト　エーヌ県出身の若手政治家。ロベスピエールの支持者
ファーブル・デグランティーヌ　劇作家。臨時執行評議会の法務省書記官長（財務担当）
ロラン　臨時執行評議会の内務大臣
ロラン夫人　ロランの妻。サロンを営む
ブリソ　立法議会議員。新聞発行人
ペティオン　パリ市長
ヴェルニョー　ジロンド県選出の立法議会議員
ビュゾ　元憲法制定国民議会議員。
マリー・アントワネット　フランス王妃
サンソン　パリの処刑役人
タレイラン　元憲法制定国民議会議員。元司教
ミラボー　元憲法制定国民議会議員。1791年４月、42歳で病没

De l'audace, et encore de l'audace,
et toujours de l'audace.

「大胆に、もっと大胆に、常に大胆に」
(法務大臣ダントン　1792年9月2日　立法議会)

共和政の樹立

小説フランス革命12

1――タンプル塔

蜘蛛《くも》の巣が張っていた。天井と左右の二壁が極まる角で、午後これくらいの角度で窓から陽が差しこむと、ずいぶん白くなってみえる。

――ろくろく掃除もしていないな。

そういえば、ここに来て、ただの一度も掃除婦がやってきた覚えがないな。思いつくほど、ルイは溜《た》め息をつくしかなかった。

あるいはフランス王ルイ十六世でなくなれば、これも仕方ない話なのか。最近流行の呼ばれ方の通り、十世紀にフランスの王位を強奪した男、ユーグ・カペーの子孫なだけという意味の、ただの「ルイ・カペー」でしかないならば、こうまで粗略に扱われても文句などいえないのか。

二十五ピエ（約八メートル）平方程度の敷地に、三層の床が重ねられたきりの建物は、これまで暮らした住まいのなかでは最も狭いものだった。

いうまでもなく、ひとつひとつの部屋も狭い。調度も粗末で、安楽椅子《あんらくいす》は座面の羅紗《ラシャ》布《ぬの》が摩《す》りきれていたし、寝台も床部にバネなどしこまれていなかった。なかんずく、汚いのが不愉快なのだ。

少しでも動けば、そのたび埃《ほこり》が空中に舞い飛ぶ。ふわふわと舞い続けて、それを吸いこみ、咳《せ》きこまなければならないようなときも、日に一度や二度ではない。

「どうして、また、こんなことに……」

蜘蛛の巣を見上げながら、ルイは独りごちた。それが小さな声になって洩《も》れてから、あらためて問うような話ではないと思い返す。一七九二年も、まだ九月三日であれば、経緯は細部にいたるまで、はっきり記憶に留《とど》められている。

話は八月十日に遡《さかのぼ》らざるをえない。

その日、ルイは家族と一緒に議会で難を避けていた。押しこまれていた速記部屋から出されたのは、ようやく夜の十時になってからだった。とりあえず当夜の宿舎と案内されたのが、テュイルリ宮殿調馬場付属大広間《マネージュ》からすぐのフイヤン僧院だった。

テュイルリ宮殿に帰ろうにも、建物は荒らされていた。パリの人々が破壊と略奪を働いて、とてもじゃないが人が暮らせる状態ではなかった。

フイヤン僧院はといえば、空《から》だった。フイヤン派は綺麗《きれい》にいなくなっていた。ならば、フイヤン僧院で仕方がない。与えられた上階の四部屋は、ほとんど使用人部屋の体《てい》だったが、それも当座凌《とうざしの》ぎと思えば特に腹が立つではなかった。

八月十一日、朝には再び議会の速記部屋に入れられた。そこから審議の中身を窺《うかが》っていたところ、議員たちは国王一家の新しい住居を、リュクサンブール宮殿と決めてくれたようだった。

セーヌ左岸の離宮は王弟プロヴァンス伯のものである。ヴェルサイユからパリに移り、さらにベルギーに亡命するまでの間、しばらく暮らしていた屋敷でもある。

まあ、悪くないかなと聞いていると、パリの蜂起《ほうき》の自治委員会《コミューン》が議会に乗りこみ、その決定に異議を唱えた。なんでも警備上の問題があるとかで、セーヌ右岸のタンプルならよいとか、シテ島の大司教宮殿を有効利用しようとか、ルイ・ル・グラン広場の法務省の一角を借りようとか。

王家の移転先はタンプルと決定したのは、十二日のことだった。もうひとりの王弟、アルトワ伯が豪奢《ごうしゃ》なパリ屋敷を築いていたのがタンプルで、これまた仕方なかろうという話に思われた。

十三日の夕《ゆうべ》には引越が執り行われ、その「四面の鏡の間」では晩餐会《ばんさんかい》も開かれた。そのまま屋敷の部屋割りまで済ませたところで、ルイは間違いを正されたのだ。

「寝起きなさるのは、あちらのほうでございます」

案内の者が指差していたのが、タンプル塔だった。

パリで「タンプル」と呼ばれていたのは、その昔にテンプル騎士団が所有していた一角のことだった。十二世紀に建てられた修道院の敷地なわけで、十四世紀に取り潰《つぶ》しの憂き目に遭うと、あとをマルタ騎士団が譲り受けていた。

ときにテンプル騎士団も、マルタ騎士団も、中世ヨーロッパの歴史に特徴的な、騎士修道会のひとつである。

騎士にして修道士という両義的な形態は、軍事遠征と聖地巡礼が一緒になった当時の十字軍から生み出されたものだが、その伝統は形骸化《けいがいか》しても受け継がれた。修道院といいながら、城壁を構え、城砦《じようさい》を築くという様式が、それだ。

話のタンプル塔も名残《なごり》のひとつだった。

十三世紀、ルイ九世の時代に建てられたという完全な封建時代の遺物で、尖塔《せんとう》を築き、矢狭間《やざま》を設け、あるいは櫓《やぐら》を建てと、ただ押し寄せる敵を撃退することだけを考えた、純粋に軍事的な建築物である。国王一家は向後《こうご》そこに暮らせというのが、蜂起の自治委員会の希望であり、容《い》れた立法議会の決定だったのである。

タンプル塔には大小ふたつあり、ルイと家族が案内されたのは、北東側に聳《そび》える小タンプル塔のほうだった。

実は大タンプル塔こそ本命視されたらしいが、さすがに準備が間に合わないようだった。

整い次第に転居という含みもありながら、とりあえず小タンプル塔に移されたのは、かねてマルタ騎士団の文書保管係が常駐していたため、それを追い出しさえすれば、すぐ人間が暮らせる空間を用立てられたからだった。

――とはいえ……。

はっきりいって、最低の住まいだった。テュイルリ宮に甘んじながら、いつか再びヴェルサイユにと心密《こころひそ》かに祈念していたルイにすれば、狭く、汚く、しかも暗い小タンプル塔は、大タンプル塔に移るまでの仮住まいと思わなければ、ほとんどやりきれないほどの場所だった。

かのバスティーユを代表格として、中世に由来する城砦といえば、現代では往々牢獄《ろうごく》としての再利用が図られる。

かねてからの住人を追い出してみれば、また小タンプル塔も牢獄めいていた。ルイが思うに、石造りで冷たく、また室内が薄暗いからだ。建築技術が稚拙《ちせつ》な時代に造られた憾《うら》みで、どれだけ工面の改築を重ねても、窓を大きく取れないという基本だけは変えることができないのだ。

――仮に変えられたとしても……。

壁一枚向こうで、どやと笑い声が響いた。すぐ隣室が国民衛兵の詰所だった。

連隊が詰めて、警備の任についているというのではない。ほんの数人の配置で、規模からすれば激減していた。なるほど今では囚人の脱獄を阻むべく、監視の任についているだけなのだ。

これまでも事実上の囚人といえば囚人だったかもしれず、軟禁状態に近くはあったのかもしれないが、小タンプル塔に移されてからは常に部屋の鍵《かぎ》をかけられ、文字通りの監禁状態になっていた。

典獄然とした監視役も、パリの蜂起の自治委員会が派遣してきた。八人が交替で任につき、そのそれぞれに国民衛兵が数人ずつ配属されるという仕組みだった。

「どうして、また、こんなことに……」

溜め息ながらに、ルイは繰り返さずにはおけなかった。今の境遇を嘆くというのは無論ながら、かたわらでは今も本当のこととは思えない気分があった。

どうして、こんなことになってしまったのか、どんな風に説明を試みても、およそ納得できるような話はみつけられなかった。

2——不条理

繰り返しになるが、経緯そのものは聞かされるまでもなかった。

だから、八月十日にパリが蜂起《ほうき》した。テュイルリ宮を襲撃するかもしれないとの報《しら》せを受けて、ルイは家族と一緒に調馬場《マネージュ》付属大広間に移動した。立法議会の膝元《ひざもと》で難を逃れることにしたのだ。

人心地つけられた頃に、銃声が聞こえてきた。どんどん大きくなって、テュイルリ宮の前庭を舞台に、激しい銃撃戦が行われていると報告が寄せられた。

しばらくすると静かになり、何人かスイス傭兵が逃げてきた。と思っていると、いよいよ蜂起の兵団が調馬場付属大広間を訪ねてきたのだ。

議会は求められるままだった。立法議会の解散というような自己否定さえ躊躇《ためら》わなかったのだから、王権の一時停止くらいは決めて、なんの不思議もなかった。

——ジロンド派は私を見捨てた。

そのこともルイは目を逸《そ》らさずに認めていた。ああ、あることだ。土台が人間としての品位など求めようもない成り上がりだ。ああいう卑《いや》しい輩《やから》は自分が汚れる感覚が希薄なあまり、友誼《ゆうぎ》に恥じようが、仁義に悖《もと》ろうが、信義を貶《おとし》めようが、少しも気にすることなく、簡単に相手を裏切ってしまうのだ。

——ひとつも驚くに値しない。

でなくとも、ルイには些事《さじ》にすぎなかった。これくらいの困難は、初めての話ではないからだ。もっと深刻な危機さえ何度も乗り越えてきているのだ。慌てず、騒がず、どっしり構えて、今回も冷静に対処するだけだ。

さて、どうしたものかと、ルイは善後策を思案した。が、そうしているうちに、運命のほうが先に暗転した。あれよという間に囚人の境涯に落とされていた。

——これという落度があったわけではないのに……。

ルイは納得できなかった。

ヴァレンヌ事件の後なら、わかる。計画自体が杜撰《ずさん》だったし、そもそもが他人任せだった。

所与の状況に流されたあげく、王者にあるまじき振る舞いをしたと自ら悔いていただけに、廃位というような厳しい結果も覚悟した。が、あのときは救われたのだ。立憲王政を是とするフイヤン派が、鉄面皮《てつめんぴ》ともいえる誘拐説まで唱えることで、こちらの落度を不問に付してくれたのだ。

あるいは六月二十日なら、わかる。今度は主体的に行動して、見事に切り抜けてやった。が、テュイルリ宮の私室にまで暴徒に踏み込まれるという展開は、まさに危機一髪だったのだ。

なにか突発的な出来事ひとつで、様相は一変してしまったろうと、今にして思わないではいられない。その場の振る舞いは勇気と威厳に満ちた王者のそれであったとしても、それ以前の振る舞いは国民に憎まれていたからだ。落度というなら、やや軽率に拒否権を乱発して、あのときは世論を敵に回してしまっていたのだ。

――八月十日は、なにもない。

フイヤン派の迷走はあったかもしれないが、それは私の落度ではない。それまでの遺恨が積もりに積もり、あげくに大爆発したのだという説明も、いわゆる結果論にすぎない。あのときああしていれば、このときこうしていなければと、その日の行動を賢《さか》しらに評論する向きもあろうが、それまた後からなら、どうとでも解釈をつけられるのだ。

ひとつも譲る気になれないルイには、絶対の自信があった。ああ、八月十日の私に落度はなかった。

――スイス傭兵に発砲を禁じていなかった、だと。

そう責める声があることも知っていた。それゆえに王は危険人物なのだと、監禁を正当化する理由にも使われていた。が、そんな因縁のつけかたもないと、ルイは思わずにいられないのだ。

——発砲を禁じられたはずがない。

こちらは万が一に備えた安全策として、ただ議会に移動しただけなのだ。その時点では戦闘が起こるとも起こらないとも知れなかったのだ。むしろ、市街戦の勃発《ぼっぱつ》など完全に想定外の展開だった。テュイルリ宮を退去する時点で、警備のスイス傭兵隊に発砲禁止の命令を出しておくわけがない。それほどまでには気が利かなかったからといって、これだけ責められる理由になるとは思えない。

——なにより、戦闘が始まってからは禁じている。

事実として、ルイは戦闘停止を命じていた。議会の速記部屋に閉じ込められながら、銃声に神経を尖《とが》らせ、議場に分刻みに飛びこむ報告に耳を澄ませながら、このままでは惨事になる、取り返しのつかない後悔になると断じて、僅《わず》かも迷わなかったのだ。

王の命令を受けて、スイス傭兵隊は速やかに交戦を停止した。でなければ、民衆の蜂起ごとき、簡単に蹴散《けち》らしたに違いない。そこは非情なプロの仕事であり、ほんの三十分もあれば、パリの群集などは確実に殲滅《せんめつ》できたのだ。

それをスイス傭兵隊はしなかった。ルイがさせなかったからだ。にもかかわらず、それを蜂起の兵団のほうは、自らの勝利と早合点《はやがてん》してしまったのだ。

勘違いのままに調子づいて、パリの人々は思い上がりとしか思われない要求まで、議会に突きつけて恥じなかった。また弱腰の議会も容《い》れて、蜂起の自治委員会《コミューン》には今日にいたるまで翻弄《ほんろう》され続けている。

あげく王にも不条理な結果を強《し》いる。フランス王たる者を立てて、しっかり味方にしておけば、がっちり政権を握れたかもしれないものを……。

——やれやれ。

そうやって肩を竦《すく》める気分で、自分を収めるしかない。依然納得できないからには、せめて他人事《ひとごと》のようにして、ルイには達観を試みるしかなかった。ああ、これも歴史が前に進んでいくための揺れのひとつだ。これほど理屈に合わない揺れ方をしたのだ。揺り戻しは必ず起きる。

それが証拠に確かに王権は停止されたが、それも一時的な措置に留《とど》まっていた。ああ、以前にも停止されたことがあった。あのときは数カ月後に憲法を批准《ひじゅん》するや、すぐさま復権の手続きが取られた。今度も、そうだ。

昨今は共和政さえ本気で論じられているらしいが、だとするならば、いよいよ歴史は行き過ぎを是正するかもしれない。フランスは絶対王政に戻るのかもしれない。

——少なくともフランス人は、王を廃したり……。

ハッとして、ルイは目を見開いた。部屋のなかでは王妃が、王妹が、あるいは王女が、王子が、同じような瞠目《どうもく》も縋《すが》るような表情で、こちらを注視したところだった。やはり、聞き違いではなかったか。やはり、皆にも聞こえたのか。

「なんだろうね、あの騒ぎは」

と、ルイは声に出した。なるだけ平然とした風を心がけたが、我ながら間が抜けて感じられた。すでに自ら騒ぎと認めていたからだ。パリの人々が騒ぐからには、王家に対してなんらかの悪意を抱《いだ》いているということなのだ。

――しかし、乗りこんでくるかね、このタンプルに。

王侯でなく、囚人に落ちているからには、世辞にも厚い警備ではなかった。が、従前も数だけで、国民衛兵隊など役に立たなかった。六月二十日には、自ら道を開けて、丁寧にも王の居場所を教える始末であり、いないほうがマシなくらいだった。

このときも、騒がしい気配はどんどん近づいてきた。あっという間にタンプルに肉薄したのみならず、やはりというか、敷地のなかにも簡単に歩を進めて、そのうち小タンプル塔自体が、一団の行進くらいのものに取り囲まれたことがわかった。

罵声《ばせい》が聞こえた。あえて聞きとり、その内容を知りたいとは思わなかったが、人々の様子ばかりは気になった。

――とはいえ、中世建築は窓が小さいのだ。

向こうには青い空しかみえなかった。いや、なにか棒のようなものに、なにやら掲げられているらしく、ときおり黒いものがよぎる。が、それだけだ。

銃声が鳴るわけではない。威嚇《いかく》にも撃ち鳴らされる様子はない。

「嫌がらせだよ」

と、ルイは家族に告げた。なんてことはない。ただの嫌がらせさ。ほら、昨日の九月二日には、ヴェルダンが陥落したとパリに報せが届いたじゃないか。それで苛々《いらいら》しているのさ。敗戦の重さを受け止めきれないというわけさ。王が戦略を誤ったのだとか、「オーストリア委員会」の陰謀があったのだとか、とりあえず八つあたりしにきたというわけさ。

「まあ、安心していい」

「ああ、ここまでは入ってこれねえ」

部屋の扉が少し開けられ、その隙間《すきま》から割りこんだ声があった。恐らくは蜂起の自治委員会から派遣された、監視役のひとりだった。親切ではなかったし、王家に対する敬意が感じられるでもなかったが、敵意を剝《む》き出しにするでもなかった紳士だ。

「でしたら、きちんと鍵《かぎ》をかけてくださいよ」

と、ルイは答えた。ハッとしたか、扉は急いで閉じられた。がちゃがちゃと鉄の仕掛けが回転する音がして、鍵がかけなおされたことがわかった。

落度を指摘されたと感じて、いくらか癪《しゃく》だったのだろう。監視役は嫌みで続けた。

「陛下は囚人の身の上が、ご所望というわけですかい」

それには応じず、ルイは流した。かわりに尋ねてみたのは、答えてくれないでもなさそうな空気が感じられたからである。

「なにが起きているのですか。外の連中はなにが望みだというのですか」

「なんでも、ランバル大公妃をお引き合わせしたいのだと」

「ランバル大公妃、ですか」

マリー・アントワネットが椅子《いす》から半ば腰を浮かせた。

3——自由

ランバル大公ルイ・アレクサンドルの未亡人、マリー・テレーズ・ルイーズ・ドゥ・サヴォワ・カリニャンは宮中女官長を務め、つまりは王妃の友人だった。

革命前からの友人で、他方のポリニャック伯爵夫人と一緒に左右を固めた、いわゆる悪友のひとりでもある。

ポリニャック伯爵夫人がさっさと亡命を決めたのと反対に、ランバル大公妃のほうは動乱の渦中においても、マリー・アントワネットのそばにいた。

いったん離れていたものが、自分のほうから近づきなおしたくらいで、わけてもテュイルリ宮の生活では王妃の一番の側近を任じようとしたものだが、そうした意向も八月十日で挫《くじ》かれた。

運命が暗転して後、しばらくは行動をともにしたのだが、なんでも蜂起《ほうき》の自治委員会が許さないとかで、ランバル大公妃は十九日に引き離されてしまったのだ。

一緒にタンプルにいることを認められず、かわりにラ・フォルス監獄に連れていかれたと、そこまではルイも聞いていた。

「そのランバル大公妃は、もしや釈放されたのですか」

重ねて監視役に確かめながら、ルイは部屋のなかでは不可解といわんばかりに、王妃に肩を竦《すく》めてみせた。マリー・アントワネットにしても不安げな曇り顔で、なるほど、仮に釈放されることがあったとして、パリの、それも恐らくは野卑な連中と一緒に訪ねてくるなど、ちょっと考えられなかった。

釈放されたのとは違うが、と監視役は答えてくれた。ああ、それとは少し違うが、ラ・フォルス監獄を出たことは確かだ。

「というより、無理にも出されたというか」

「無理にも……。群集の手で拉致《らち》されたのですか、大公妃は」

「それほど優しい扱いではなかったようですな」

「それほど優しい扱いではない……」

「もう殺されています」

ルイは絶句した。その刹那《せつな》にも小さな窓の向こうでは、青空に黒いものがよぎっていた。監視役は続けた。ええ、もう死体になっています。撲殺だったと聞きますから、恐らくは事切れた後でしょうが、身体《からだ》には無体な仕打ちも加えられたようです。

「タンプルを訪ねてきたのは、大公妃の首だけです」

「…………」

「人々は槍《やり》の先に刺したランバル大公妃の首を、是非にもおみせしたいというのです」

王にというより王妃にと、そう言葉を足されたところで、ルイが受けた衝撃は変わらなかった。いわれてみて、窓枠をよぎる黒いものが、はじめて人間の首にみえたからだ。しかも、なるほど、女だ。ブロンドの髪の毛が、煉瓦色《れんがいろ》の血で汚れている。

声はなかった。が、王妃が悲鳴を上げたのがわかった。

「こうまでの仕打ちに堪えなければならないものかね」

ルイは常ならずも声を荒らげ、監視役とのやりとりを終わらせた。出てこい、オーストリア女。ほら、友達をつれてきてやったぞ。さっさと出てきて、接吻《せっぷん》してやれ。ほら、待たされすぎて、恨めしい顔になっちまったぜ。阿婆擦《あばず》れランバルは淋《さび》しくてならないんだとよ。あんたに抱いてほしくって、とうに裸になっちまったんだとよ。

「もっとも、首から下は忘れてきちまったが」

声は遠ざかった。いくらかは良心が痛むところがあったのか、常識家の監視役が上手に説いて、群集を引き揚げさせたようだった。

――それにしても、本当だろうか。

もちろん、ルイは本当にしたくなかった。ランバル大公妃の首だったようにも思う。

が、今にしてみると、女であること以外なにも見分けられなかった気もする。あの黒いものが本当に人間の首だったのか、それさえ覚束《おぼつか》ないのである。

――ただ血には塗《まみ》れていた。

そのことだけは他面で疑いえなかった。汚らしい色だけは、はっきりとみえたからだ。強く印象に刻まれて、忘れようもなかったからだ。

――パリでは何が起きているのだ。

常軌を逸した事態と考えざるをえなかった。

なにせ白昼の出来事である。ラ・フォルス監獄に収監されていたランバル大公妃が、無理にも出され、群集に捕えられては、容赦なく惨殺され、あげくに首を捥《も》がれて晒《さら》し者にされたとするなら、もはやパリは正気を失っているとさえいわざるをえない。

――それは血が流れたからなのか。

と、ルイは思いついた。というか、血こそは理性的であるはずの人間を狂わせてしまうのか。八月十日以降の政局にせよ、テュイルリに血が流れてしまったからこそ、こうまで激しく動かざるをえなかったのか。説明のつかない、ほとんど出鱈目《でたらめ》と思えるくらいの王家に対する処遇も含めて、全ての不条理は血が流れてしまったからこそ……。とすれば、もうパリは……。もうフランスは……。

――ここは静かだ。

とも、ルイは気づいた。今このときは無論のこと、暴徒が押し寄せた最中《さなか》ですら、この部屋の内側だけは静けさを乱されなかった。鍵《かぎ》がかけられているからだ。そのことで外の世界から隔絶されてしまっているのだ。

パリで何が起きていようと関係ない。フランスが激動しようと、ここだけはひとつも変わることがない。

「だから、さあさあ、元気を出そうよ」

ルイは家族に呼びかけた。だから、単なる嫌がらせさ。あれくらい、これまでだってされたじゃないか。今にして動揺するような話じゃないじゃないか。

もちろん、皆は表情を強張《こわば》らせたままだった。ランバル大公妃の惨殺が事実ならば、いや、もしや事実だろうかと思うだけで、もう笑うことなどできなくなる。

その道理を認めたうえで、ルイは続けた。だから、質《たち》の悪い嫌がらせなんだよ。大公妃が殺されたわけがないじゃないか。監獄に収監された歴《れっき》とした囚人が、群集の実力行使で裁かれるなんて、そんな馬鹿な話があるわけがないよ。

「ちらと窓から覗《のぞ》いたのは、ほら、実物そっくりに作れるという例の蠟人形《ろうにんぎょう》さ。それに豚かなにかの臓物をもらってきて、べたべた血を塗りたくって、もっともらしくみせただけというわけさ」

部屋の空気が、ふっと軽くなるのがわかった。家族に笑みが戻ろうとしていた。だからこそ、逆にルイは疑うこともできなくなった。ああ、ランバル大公妃は確かに殺された。あれは切り離された生首で間違いない。ブロンドの髪を汚したのも、流された本人の血でしかありえない。が、外の世界で何が起きていようと、そんなことは関係ないのだ。無関係であるならば、どんな嘘《うそ》で捩《ね》じ曲げても構わないのだ。

「お父さま、御本の続きを読んで」

母親の膝《ひざ》を離れて、駆け寄るのは王子だった。おお、ルイ・シャルルか。

「ああ、カエサルの『ガリア戦記』が途中になっていたんだな」

息子を自分の膝に乗せながら、ルイは本のしおりを探った。ええと、ええと、どこまで読み進めていたのだっけ。アルウェルニ族のウェルキンゲトリクスが、カエサルに対して先勝したところまでだっけ。

マルタ騎士団の文書保管係が常駐していただけあって、小タンプル塔には蔵書四千冊という、なかなか立派な図書館があった。

看守の許可を得なければ入れないし、監視役の検閲を通らなければ読めないのだが、特に無害と判定されれば、それらが読み放題だった。

——幸せな話だ。

ラテン語の解説がてら、『ガリア戦記』を息子に読み聞かせてやりながら、ルイは心から思う。王妃に、王女に、王妹に、女たちは女たちで途中にしていた刺繍《ししゅう》仕事に戻っていた。ねえ、お母さま、ここのところの針の返しがわからないの。そうした様子を目を細めて見守るほどに、思いは深まるばかりだった。ああ、ここは幸せだ。

六時に起床、七時に祈り、九時に朝食、二時に昼食、九時に夕食、十一時に就寝と、規則正しい生活がある。食事も贅沢《ぜいたく》ではないながら、ひもじさを強《し》いられるわけでもない。監視付きとはいえ、天気がよければ庭園の散歩も許される。遊戯盤もみつかって、食事のあとにはチェスに、バックギャモンと楽しむことができる。

でなくとも、家族が一緒だ。息子に本を読み聞かせ、娘の書き取りをみてやりと、ともに時間をすごしながら、しかも私は政治などに煩《わずら》わされることがない。外の世界の狂気につきあう理由がない。

――まさに自由だ。

ルイはふと思いついた。こういう日々が望みだったのかもしれないと。それをとうう手に入れたのかもしれないと。ああ、外の世界は地獄だ。勝ち誇る連中とても、知らず地獄に突き進んでいるだけなのだ。

――なのに、戻るか。

そんな神に祈る時間もないような日々に、この私は好きこのんで……。自問の虜《とりこ》にされながら、なお息子に読み聞かせを続けて、ルイは答えを急がなかった。いろいろ考えてみるくらいの時間は、まだ残されているように思われた。

4――人民裁判

――パリは一体どうなってしまったんだ。

自問を繰り返すほど、デムーランは狼狽《ろうばい》しないでいられなかった。法務省の書記官長ともあろう者が、もっとしっかりしろと無理にも自分を鼓舞しようと思うのだが、当たり前の話で、肩書を与えられたからと、急に肝が据わるわけではない。いや、僕の肝が大きいとか、小さいとか、そういう話じゃない。まともな神経の持ち主なら、とても正視に堪えない光景だというのだ。

――血が川になって流れていれば……。

石畳というものには、へこんでいる部分がある。普段から往来が集中する部分で、何十年、何百年と踏まれ続けていれば、丁寧に高さを整えられたはずの石材も、徐々に低くならざるをえないのだ。

――そこが血溜《ちだ》まりとなって……。

ぐちゃ、ぐちゃと嫌な音も聞こえていた。人垣の向こうにあって、その現場はデムーランからはみえなかった。いや、みえたとしても、みたくない。

思わず顔を背けずにはいられないだけに、出来事は容易に察せられるものだった。皆で囲んで、逃げ場をなくした人間に、剣を振るい、斧《おの》を振り下ろし、あるいは槍《やり》の穂先を突き出して、行われていたのは文字通りの虐殺だった。

「いや、これは処刑だよ、カミーユ」

答えたのは、スタニスラス・マイヤールという男だった。一七八九年、七月十四日のバスティーユの闘士であり、十月五日のヴェルサイユ行進でも先導役を務めた、もう古い運動家のひとりだ。

デムーランにしても、知らない相手ではなかった。むしろ馴染《なじみ》で、政治的な立場をいっても、同志のひとりといってよかった。

議論もしてきた。多く共感にも達した。生死をともにしたことすら一再ならない。にもかかわらず、その日のマイヤールにかぎっては、完全に理解の外だったのだ。

一七九二年九月四日、マイヤールが机と椅子《いす》を構えていたのは、パリ左岸サン・ジェルマン・デ・プレ大修道院跡、因《ちな》んでいうところのアベイ《アベイ》監獄だった。

前庭で名簿のようなものをパラパラと捲《めく》りながら、マイヤールは面倒くさげでもある調子で「次はピエール・ラドラン」と命令した。

応じたのが興奮顔のパリの人々で、それもサン・キュロット（半ズボンなし）と、はっきり限定するべきか。

面々の日に焼けた顔にあっては、返り血の汚れも不思議と不自然ではなかった。この人々も革命の同志なのだ、いや、この人々こそ同志なのだと思おうと努めて、その赤黒く、まるで鬼気迫るかの形相は、デムーランの目にも脅威としてしか映らなかった。

人々に小突かれながら、大修道院跡から連れ出されてきたのが、場所柄らしいといおうか裾長《すそなが》の僧服だった。相応に敬われるどころか、かえって粗末に扱われているのは恐らく、宣誓拒否僧のひとりだったからである。

ほぼ間違いないところ、パリ全戸の家宅捜索で逮捕された、反革命の犯罪者でもある。現下アベイ監獄は、宣誓拒否僧だの、スイス傭兵だの、王党派だのといった輩《やから》で、満杯の状態なのだ。

管理運営上の便宜もあり、容疑者の処断が待たれたことは事実だった。デムーランとて法務省書記官長として、手を拱《こまね》いている場合でないと考えてきた。それでも、なのだ。

「さて、検察官、ラドラン神父の罪というのは」

マイヤールが尋ねると、前掛け姿の職人風体《ふうてい》が答えた。

「憲法に宣誓しませんでした。のみか、教会の祭壇から反革命の説法をしやがった。プロイセン軍のパリ入城を待望するなんて、そんな大それた考えまで喋《しゃべ》ったんでさ」

「なんと、プロイセン軍の?!」

そうやって驚いてみせてから、マイヤールは左右の、これまた判事とも法曹とも思われない粗衣の輩を相手に、ボソボソと囁《ささや》きあった。ええ、やはりそうですな。ええ、ええ、プロイセン軍となると、もはや情状酌量の余地はありませんな。

「ラドラン神父に判決を言い渡します。釈放です」

そう告げられて、はじめ神父は驚いた顔になった。が、その頬《ほお》は喜びを宿す前に硬直した。踊るような動き方で、待ってましたとばかりに飛び出す人々がいたからだ。

血に汚れた手で洟《はな》をふきふき、もう片手に剣だの、斧だの、槍だのを翳《かざ》す男たちが、一斉に押しかけてきた。

己の運命に気がついて、ラドラン神父は慌てた。が、暴れられても、男たちは数人がかりで無理矢理に取り押さえる。

神を恐れよ、真実の神を恐れよと、いかにも聖職者といった、ほとんど脅すような文《もん》言《ごん》を投げつけられても、その顎《あご》を殴りつけ、まさに問答無用と襟首に指をかけながら、ずるずると石畳を引いていく。

人垣に遮《さえぎ》られて、いよいよ僧服がみえなくなったと思うや、聞こえてきたのは救いをもたらす神の聖なる言葉ならぬ、今にも狩られようとしている獣さながらの叫び声だった。

「そうなんだよ、カミーユ。釈放というのは、ここでは死刑の意味なんだよ」

マイヤールが説明した。反対に禁固刑とは、このままアベイ監獄にいられるということなんだ。そう続けて、どこか得意げでもあった。

かっと発作に襲われて、デムーランは声を大きくしないでいられなかった。なにが死刑だ。

「釈放といわれたほうが、まだわかる。法の公正の外に、まさしく放り出しているわけだからな。けれど、そうした恣意《しい》の暴力をこそ、虐殺というんじゃないか。ああ、マイヤール、あれは処刑なんかじゃありえないよ」

「そんな難しい言葉ばっかり並べられても困るんだが、まあ、俺は俺なりに公正なつもりではいるけどね。それが証拠に誰彼構わず殺しているわけじゃねえ。きちんと罪状を吟味して、そのうえで判決を出してるんだ。現に命拾いした者だっているんだ」

裏を返せば、死んだ者も少なくない。やはり決して少ない数ではない。

デムーランはちらと目を動かした。血に汚れながら、なお印象ばかりは白い肉塊《にくかい》が、また無造作に投げ捨てられていた。折り重なることで、いよいよ山の体《てい》をなすのは、全裸に剝《む》かれた被害者の死体の数々だった。

「だから、違うよ、マイヤール。そういう意味じゃない。そもそも君は裁判官でもなんでもないじゃないか」

「だから、なんだっていうんだよ。これは人民裁判さ。『裁判所が法に則して民衆の敵を罰することを拒んだ場合は、民衆が自分で裁判を行うことは当然である』なんていったのは、あんたの上司ダントンじゃないか」

嘘《うそ》というわけではなかった。が、発言には前後の脈絡というものがある。

パリ市長ペティオンの提唱を発端に、蜂起《ほうき》の自治委員会《コミューン》の要望で設立された特別裁判所は、ほとんど機能しなかった。ロベスピエールが裁判長就任を辞退した時点で、骨抜きとなるのは必然だったかもしれないが、それにしても期待は大きく裏切られた。

八月十日の犯罪者を徹底的に処罰するどころか、今日までなしえた仕事といえば、反革命の暴動を煽動《せんどう》した王党派コルノ・ダングルモン、王家の侍従で買収工作をたくましくしたラポルト、右派の新聞屋でプロイセン軍の勝利を祝したロゾワと、三人を処刑したきりなのだ。

いうまでもなく、民衆は大いに不満だった。

八月二十七日に王党派の官憲ドッソンヴィル、三十一日には陰謀を企てたとされるフォンテーヌブロー城代モンモランと、断罪が当然視されていた容疑者を証拠不十分として釈放するに及んでは、いよいよ怒り心頭に発してもいた。

「だから、ダントンは皆の怒りを宥《なだ》めようとしたわけで……」

「それでも、嘘をいったわけじゃねえんだろ」

「確かに嘘ではないけれど、それは原則としての話で、実際の裁判は……」

「みんな、やってるぜ。ああ、今のパリじゃあ、誰でも裁判官になれるし、検察官にも、陪審員にもなれるんだ。他人任せにしないで、自分で正義を行うことができるんだ。それこそ『大胆に、もっと大胆に、常に大胆に』なりながらな」

そうしたダントンの言葉で、フランスは一丸となるかにみえた。皆が団結して、戦争の勝利を希求するかに思われた。

いや、確かに一丸になって、勝利のために献身していた。そのために人々の心のなかでは、かえって不安が倍増することになったのだ。

5——九月虐殺

「パリには裏切り者がいる」

それは全戸の家宅捜索が行われたときから、さかんに叫ばれた疑念だった。

三千人といわれる容疑者を逮捕して、なお安心することはできない。もはや戦争は危機的だ、もう他人任せにはできない、祖国を救うために自ら出征しなければならないと、さらに悲壮な覚悟を決めるほど、疑心暗鬼は大きくなるばかりだったのだ。

ああ、奴《やつ》らは獄中でも陰謀を企てている。もはや監獄から溢《あふ》れる体《てい》であれば、どうやっても監視の目が甘くなる。その隙《すき》を突いて、外部との連絡も取り放題だ。自分は囚《とら》われの身であっても、そこから仲間を動かせば反革命の蜂起《ほうき》くらい、いくらでも起こせるだろう。

そんな調子で不安が際限なくなったのは、ひとつにはマラのせいだった。義勇兵の登録手続きが行われていたシャン・ドゥ・マルスに、無数の張り紙をなしたからだ。

「君たち、まず監獄に行きたまえ。そこで民衆の敵に制裁を加えてからでなければ、とても出征などできまい」

屈強な男たちが前線に出ている留守の間に、パリを攪乱《かくらん》してやろうとは、いかにも反革命の卑怯者《ひきょうもの》が考えそうな話ではないかと囁《ささや》かれれば、勇気をもって戦おうという気骨者ほど、いてもたってもいられない気分になったのだ。

マラといえば、蜂起の自治委員会が新設した監視委員会の一員だった。

これが思わせぶりにも、各牢獄《ろうごく》から軽犯罪者だけを選んで、次から次と釈放した。残るは許されざる反革命の輩《やから》だけだと仄《ほの》めかされて、フォーブール・ポワソニエール街区《セクシオン》は決議したのだ。

「義勇兵がパリを出発する前に、獄中にある全ての聖職者、ならびに容疑者には、死刑が執行されるべきである」

これにリュクサンブール、ルーヴル、フォンテーヌ・モンモランシーの諸街区が、賛成の意を示した。となれば、もう許されたと受け取る連中がいて不思議でなかった。ダントンが挙国一致の政局を築いた九月二日、その午後には、もう始まっていた。マルセイユとブレストの連盟兵が、パリ市政庁の留置場を襲撃したのだ。

拉致《らち》したのが護送を控えていた二十四人の囚人たちで、うち二十二人までが宣誓拒否僧だった。馬車で連行した先が、その手の輩が多く収監されていたアベイ監獄であり、その庭で殴る、蹴《け》るの私刑を加えたあげくに、十九人までが「祖国の敵」として、そのまま「処刑」されてしまった。

となれば、元から収監されていた残りの四人も無事では済まない。裁判の真似事《まねごと》まで始められながら、アベイ監獄では九月二日、三日、そして四日と、もう三日間も虐殺が続いていた。

アベイ監獄だけという話でもなく、ヴォージラール通りのカルメル派修道院でも、遅れず九月二日のうちに同じような虐殺が開始された。いや、監視委員会が特に宣誓拒否僧の留置場と指定した場所だっただけに、いっそう情け容赦がなかった。

殺された神父が二十三人に上るのみならず、ここではアルル大司教、サント司教、ボーヴェ司教と、世が世なら目を合わせるのも憚《はばか》られるという高位聖職者たちまでが、自分からは決して動くことのない虚《むな》しい肉塊と化した。

パリに異様な熱狂が生まれていた。少なくとも一部では、理性の箍《たが》が完全に外れてしまった。

続く九月三日には、日付が変わったばかりの深夜に、ラ・フォルス監獄が襲われた。パリの人々が特に欲した生贄《いけにえ》というのが、王妃マリー・アントワネットの親友で知られるランバル大公妃だった。

棍棒《こんぼう》で撲殺し、裸に剝《む》いて、高貴の女もこうすりゃ申し分なく下品じゃねえかと皆で嘲笑《あざわら》いながら、さらに首を切り落とし、あげく槍《やり》の穂先に刺して、王家が収監されているタンプル塔まで行進していったというのは、この流れで起きた事件だった。

虐殺の波は午前のうちに、コンシェルジュリ監獄まで席捲《せっけん》した。四日にはシャトレ裁判所付属監獄、急遽《きゅうきょ》獄舎に流用されていたサン・フィルモン神学校跡、ベルナルダン修道院跡と飛び火して、つい先刻にはサルペトリエール女子施療院やビセートル施療院など、特に反革命には関係しない、主に病気の売春婦を収容しているような場所まで襲撃されたと聞かされた。

だから、デムーランは問わないでいられないのだ。パリは一体どうなってしまったんだと。

――僕は全体どうしたらいいんだと。

無論、上役の大臣には一番に相談した。あらためて告げられるまでもなく、ダントンは虐殺の実態を聞いていたようだった。それでも平然として、いうのだ。

「俺は囚人のことなんか知らねえ。なるようになるだろうぜ」

たまたま居合わせたのが自由主義で知られたオルレアン公の子息、シャルトル公ルイ・フィリップだったが、こちらの問い合わせには堂々の理屈まで述べた。

「ええ、フランスの男子という男子が義勇兵の登録事務所に急いでいる時局であります。パリに残る我々には、行使する武力もない。なのに監獄という監獄は、我々を屠《ほふ》らんとして迫り来る外国の軍隊をこそ待望している陰謀家、ええ、例の腹黒どもで溢れているのです。だから、先手を打ったというにすぎない」

もうひとりの書記官長、ファーブル・デグランティーヌも精力的な弁護を展開した。元が劇作家だけに筆も早く、弁論そのものも説得力に満ちていたが、それ以前にこちらの場合は、法務省における地位が鳴り響いていた。それも法務大臣ダントンが虐殺を容認している、いや、虐殺を支持しているかの流言があることに無関係ではなかった。

また悲鳴が聞こえた。鉄臭さも強くなった。石畳の血の川に半ボワソほどの血が、いや、革命が採用した度量衡でいえば数リットルの血が、新たに注がれたようだった。遺体の山も、高くなるばかりだ。虐殺の犠牲者は、すでにして千人を超えたとも噂《うわさ》がある。

「アッシニャ紙幣で三百リーヴル、アッシニャ紙幣で三百リーヴル、他ないか、他ないか」

かたわらでは、時ならぬ競売の掛け声も響いていた。

犠牲者の遺体からは、ことごとく衣服が剝《は》ぎ取られた。第一に辱《はずかし》めの意味だったが、それに留《とど》まることなく、金目のものを身につけていれば、洩《も》れなく奪い去られてしまう。が、これは裁判の一環であり、無法の略奪ではないといいたいのだろう。

売り上げが誰の懐に入るのか定かでないながら、競売の真似事をしているのは、そのためのようだった。

――止めなければ。

デムーランは心を決めた。

プロイセンの軍隊が迫り来ようとする時下の局面において、反革命の輩を容赦するべきではないと、かかる理屈はわからないではない。それを闇雲《やみくも》な激情に任せて殺すというのなら、蜂起と同じ、革命と同じ、正義のための不法の一種ということにもなり、あるいは止めるべきではないのかもしれない。

――が、この眼前で行われている虐殺は、どうなんだ。

妙に冷静だ。感覚が麻痺《まひ》したままに、正式な裁判を装うことで、大した昂《たかぶ》りもなければ、さほど良心の呵責《かしゃく》もない。感覚が麻痺したままに、ただ殺人が繰り返されるというならば、それこそ人道の名において止めなければならない。ああ、バスティーユだって、シャン・ドゥ・マルスだって、まだ記憶に生々しい、あのテュイルリの戦闘だって、ここまでは血腥《ちなまぐさ》くはなかったのだ。

――だから、止めなければ。

そう決意を心に吐いて、なおデムーランは閉口した。

法務省の書記官長になったからとて、なにか権限が与えられているわけではなかった。というより、かかる常軌を逸した行動など前代未聞で、あらかじめ法律が対処策を講じているわけがなかった。だから、どうしたらいい。僕は、どうしたらいい。

マイヤールはじめ、集まっているパリの人々を捕まえて、説得できるとは思えなかった。無理を承知で、なお強行してみたところで、おまえは反革命の味方かと、逆に捩《ね》じ込まれるのが関の山だ。デムーラン、おまえにも判決を下してやると叫ばれて、死体の山に仲間入りするのが落ちなのだ。

実際のところ、パリ市の第一助役マヌエル、議会からもジロンド派のイスナール議員、ジャコバン派からもシャボ議員と説得に繰り出したが、全て虚しく失敗していた。

——けれど、それがロベスピエールであれば……。

閃《ひらめ》くや、もうデムーランは走り出した。セーヌ河の河岸に向かい、サン・ミシェル橋でシテ島に入るも、界隈《かいわい》には脇目《わきめ》も振らずに縦断した。両替屋橋《シャンジュ》で右岸に渡ると、一目散に向かうのは、グレーヴ広場のパリ市政庁だった。

ロベスピエールは立法議会の議員ではない。が、ジャコバン・クラブで論客として名を知られていると、それだけの存在でもなくなっていた。それどころか、蜂起の自治委員会の市政評議員職を足場にして、今やパリの実質的な指導者なのだ。わけても人民大衆に振るう影響力は、決定的なものがあるのだ。

——ところが、今回の虐殺については、沈黙を貫いている。

パリ市政庁に報《しら》せが届かなかったわけではない。そもそも監視委員会が虐殺を焚《た》きつけたような面もある。「人民裁判官」たちには、蜂起の自治委員会から日当が支払われていると、そんなことまで語られている。全て承知しているはずなのに、在庁のロベスピエールは支持するでも、非難するでもなく、今日まで沈黙で来ていた。

――それが黙認と解釈されている。

九月二日、パリ市政庁に報せが飛びこんだとき、蜂起の自治委員会は議会に問い合わせていた。が、その返事を待つ間に、市政評議会で演説を試みたのがロベスピエールだった。熱弁を振るったそれは、ジロンド派は王位をブラウンシュヴァイク公に委《ゆだ》ねようとしている、ブリソやロランは陰謀を企てているのだと、全く別な議題だった。

これにグレーヴ広場は熱狂した。同時に虐殺のことは忘れた。少なくとも、阻止するべしというような、積極的な意見は出てこなくなった。それが黙認と解釈されたからだ。マラが唆《そそのか》し、ダントンが支持し、ロベスピエールが暗黙の了解を示したとなれば、パリの大衆に歯止めがきかなくなるのは、すでにして必然といえるのだ。

しかし、ロベスピエール自身は虐殺を話題にしなかったと、それだけだ。昨日九月三日には監視委員会によるブリソ宅の強制捜査が行われたが、その実現にひたすら力を傾注していただけで、虐殺のほうは黙認するでもしないでもなかったのだ。

――ならば、止めてくれるかもしれない。

と、それがデムーランの思いつきだった。

ジロンド派の告発に夢中になって、ロベスピエールは他がみえなくなっていただけなのだ。自分の正義に酩酊《めいてい》すると、簡単に周りがみえなくなるというのは、かの秀才の昔からの悪癖なのだ。

――それなら目を開いてやればよい。

虐殺の実情を詳《つまび》らかに教えれば、義憤に駆られないとはかぎらない。いや、だから正義感は並外れて強いのだ。説得すれば、必ず動いてくれるはずなのだ。

6——監視委員会

思った通りで、ロベスピエールはパリ市政庁にいた。市政評議会の議場で、演説を試みていたわけではない。所望の男は評議員の控え室で、支持者と思《おぼ》しき紳士たちに囲まれていた。

全部で二十人ほどいた。こんなときに、なんの話題で盛り上がるのか、朗らかな笑い声まで響かせていた。

そこにデムーランは飛びこんだ。マクシム、ニヤニヤと歯をみせている場合じゃないぞ。そう一喝して捨てることから始めながら、パリで繰り広げられている虐殺の実態を、つぶさに報《しら》せることもした。

不躾《ぶしつけ》は承知だったが、もう心が切迫していた。無我夢中でもあった。話が話であるだけに、多少の不躾は問題にならないとも考えていた。十数年来の旧友でもあることだし、そのへんの遠慮は必要ないとも判断したのだが、対するロベスピエールはといえば、不機嫌そうな顔になったのだ。

「いや、いきなり訪ねて、それは悪かったと思う。しかし、マクシム……」

「私が業腹《ごうはら》なのは、そんなことじゃない。パリで起きている出来事など、全く知らずにいるというような君の無礼な決めつけが、私には面白くないというのだよ。そりゃあ、八月十日は、ひとり下宿に籠《こも》っていたさ。けれど、あれは事情のある話で……」

「そんなこと、誰も責めていないじゃないか」

八月十日になにをしていた。ロベスピエールのような臆病者《おくびようもの》が、どうしてパリの指導者を気取れるのだ。そう揶揄《やゆ》する声が一部でないわけではなかった。元が自尊心の強い優等生だけに、ほんの些細《ささい》な悪口も気にしないでいられないのだろう。ああ、が、立腹の理由を察すれば、デムーランも輪をかけて平静ではいられなかった。ああ、そんなことは、どうでもいいんだ。

「それどころじゃない出来事が、今やパリでは横行しているというんだ」

「だから、知らないわけじゃないといっている。ああ、私とて今日の今日まで無頓着《むとんちやく》でいたわけではないんだ」

「マクシム、それじゃあ……」

確かめると、ロベスピエールは頷《うなず》いた。申し訳ない言い方をしてしまったと、デムーランは早くも後悔に傾いた。なんとなれば、パリの新たな指導者は、さすがの見識で、すでに手を打っていたようなのだ。

ロベスピエールは実際、どうだという顔で明かし始めた。ああ、なにもしていないわけではない。

「実はつい先刻にも、自分の足でタンプル塔の様子を確かめてきた」

「タンプル塔だって。なんのために」

「収監されている国王一家が、パリの人々に脅《おびや》かされていないか、実地に確かめてきたというんだよ」

「な、なんの話だい、それは」

「なんの話だなんて、カミーユ、聞いていないのか。昨日の午後には、群集がタンプル塔に詰めかけたんだぞ。ランバル大公妃を殺して、その首を運んできたんだぞ。ならば、今度は王家そのものが、毒牙《どくが》にかけられないとも限らないだろう」

どういう話か、依然デムーランには呑《の》み込めなかった。もしや王に同情しているのか。そのうえでタンプル塔を守りたいというのか。ああ、そうか、すでに一連の虐殺には反対の立場を表明しているのか。僕が知らない間に、もうロベスピエールは……。

「ブラウンシュヴァイク公がパリまで攻め上る可能性は否定できない」

と、ロベスピエールは続けた。となれば、ルイ十六世こそ大切な人質だからね。プロイセン軍にパリ進撃を思い止《とど》まらせる鍵《かぎ》だからね。きちんと温存しておかなくちゃあ。

「あの陛下についていえば、私にはどさくさ紛れに死んでほしくないという思いもある。ああ、来《きた》るべき国民公会《コンヴァンシオン》で、是非にも正式な裁判にかけたいと思うのだ」

やはり、同情ではないようだった。虐殺そのものに反対する様子もなく、それどころか、なお虐殺の横行など眼中にない風が強い。が、それはおかしい。マクシム、本当に君は、どこかおかしい。自分のなかの理屈ばかりが独り歩きして、現実から遊離しているんじゃないか。

どこまでも噛《か》み合わない絶望感に、デムーランは立ち尽くしているしかなかった。とすると、割りこんできたのが支持者のなかの支持者、モーリス・デュプレイだった。

「デムーランさん、もう十分なんじゃないですか。ええ、パリの一部が騒いでいるだけでしょう。そんな詰まらない話で、ロベスピエールさんを煩《わずら》わせないでください」

不愉快を覚えて、デムーランが無視したのは、簡単に片づけられたことだけではなかった。それ以上に思うのだ。確かに冷たい優等生だったとはいえ、こうまで非常識でなかった旧友を、甘やかしに過保護を重ねて、すっかり変えてしまった真犯人は、この男かもしれないなと。

押しの強いデュプレイ氏は、構わず続けた。

「ロベスピエールさんは忙しいんです。ええ、もう議員ですからね。パリ管区での一番当選を決められたばかりですからね」

「一番当選というのは……」

「決まっています。てえか、デムーランさん、あんただって立候補しているじゃありませんか。ええ、国民公会の議員選挙の話ですよ」

確かに選挙の最中だった。有権者が選挙人を選ぶ第一次集会が八月二十七日、選ばれた選挙人が議員を選ぶ第二次集会が九月二日、フランス全土で一斉に行われた。

特に第二次集会についていえば、一連の虐殺が始まった、まさにその日に持たれたわけだが、パリだけ曲げて後日に回すという運びにはならなかった。

——回して回せないことはなかったろう。

と、今もデムーランは思う。一七八九年五月に全国三部会が召集されたときは、パリ代表の議員だけ選出が遅れているからだ。だからと慌てるような素ぶりもなく、王国第一の巨大都市なのだから、多少のことは仕方あるまいと、開き直る雰囲気さえあった。それが国民公会の選挙のときには、こうまで律儀に日程を守るという……。

あるいは二日の投票ならば、行われて然《しか》るべきだったかもしれない。囚人の拉致《らち》が起きたのが、すでに午後だったからだ。虐殺が始まったのは夕刻、いよいよ歯止めがきかなくなったのは、ようやく深夜の話だからだ。

——しかし、虐殺が横行している日々において……。

淡々と票を数える。その神経をデムーランは容易に信じられなかった。

ロベスピエールの一番当選は当然だろう。今やパリの指導者とみなされているのだ。アルトワ管区からの鞍替《くらが》えさえ決断できれば、圧倒的な得票も驚くに値しない。しかし、こうまで沢山の人間が殺されているときに、鼻高々でいられるとするならば……。

「デュプレイさん、それは関係ありません」

と、デムーランは返した。神経を云々《うんぬん》し、ひいては人格を云々しても始まらない。喜色満面なのはデュプレイ氏のほうであり、ロベスピエールのほうは変わらずの気難し顔だという以前に、なにを、どう論じたところで、虐殺の事実を覆《くつがえ》せるわけではないからだ。失われた命は取り戻せないという理《ことわり》を確かめるなら、大切なのは今このときより先において、ひとりでも多くを救うことなのだ。

「ええ、関係ない。忙しいなんて言葉で、言い訳できるような事態ではないのです」

「言い訳とは、なんたる……。ロベスピエールさんには我らパリの代表として、国民公会にいってもらうのです。そのために忙しくすることを措《お》いて、それでは他の何のために忙しくするというのです」

「だから、これはパリの人々の話なんです。人民裁判だなんて称して、反革命の輩《やから》を断罪して……」

「公正な裁きが行われるものならば、やはり私はジロンド派を告発したい」

ロベスピエールが会話に戻ってきた。が、今度もデムーランは脈絡が取れなかった。

構うことなく、一番当選を決めたばかりの未来の議員は打《ぶ》ち上げていた。

「ええ、正式に国民公会に赴く前に、私はブリソやロランをはじめ、ジロンド派の指導者たちを、売国奴の輩として告発しないではいられない」

「おお、それこそは正義の……」

わざとらしく絶句してから、モーリス・デュプレイは猛烈に手を叩《たた》いた。正義です。まさに正義の行いです。ブラウンシュヴァイク公を招き、それが難しいとみるや、イギリスからヨーク公を招き、自らの手でフランスの王座につけることで、まんまと権力を握ろうという、あの浅ましい連中を排除しないかぎり、フランスは外国の餌食《えじき》になるだけだ。

ロベスピエール本人より、かえって雄弁なのではないかと思わせる言葉を聞いて、拍手の渦は大きく広がるばかりだった。すると、その音の渦中から、のっそりという感じで現れた男がいた。

「我ら監視委員会が逮捕状を出してやろうか」

そう切り出したのは他でもない、監視委員のひとり、というか指導者格のマラだった。

このコルドリエ街の馴染《なじみ》ならばと、デムーランは気安く応じた。ははは、マラ、あなたときたら、まったく嫌だなあ。

「冗談にも程があるよ」

「冗談なんかいっていないよ、カミーユ。蜂起《ほうき》の自治委員会《コミューン》の名において、出せるんだよ」

「だって、いきなり逮捕だなんて」

「いや、この期《ご》に及んでは、問答無用に全て逮捕、全て処刑という方針さ。そのようにせよと、パリは地方にも通達を送ったくらいさ」

いいながら、マラは一枚の紙片をよこした。ああ、昨夜に私が書いたものだ。大急ぎで印刷に回して、今朝方《けさがた》にはフランス全八十三県に発送されたはずだ。

説明を聞きながら、もうデムーランは目を走らせていた。

「監獄に捕われていた性悪な陰謀家の一部は、すでにパリでは人民の手で死刑にされた。人民がこれから敵軍めがけて進撃しようとするとき、監獄の壁奥に潜む多くの裏切り者どもに恐怖という軛《くびき》をかけて縛るため、これは人民には不可欠と思われた正当な行為であり……」

ハッとして、デムーランは紙片に落としていた目を上げた。

ロベスピエールが歩み寄っていた。マラとがっちり握手を交わしていた。

居合わせた人々は大喝采《だいかっさい》、さほど大きくもない控え室に音が満ちて、もう耳が痛いくらいである。顔を紅潮させながら、拳《こぶし》を突き上げ、足を踏み鳴らし、居合わせた面々ときたら、いよいよ興奮の度を高めるばかりなのである。

囲まれながら、デムーランのほうは顔面蒼白《がんめんそうはく》になった。熱気に取り囲まれているのに、冷たい汗で額が寒いほどだった。

——虐殺を止めてもらおうとして……。

当の虐殺者の渦中に飛びこんだようだった。

いや、勝手な人民裁判でなく、蜂起の自治委員会が組織した、正式な監視委員会の処断であれば、もはや非合法の私刑で片づけるわけにはいかない。

それでもデムーランの確信は動かなかった。本質は同じだ。なにひとつ変わらない虐殺だ。

——大変なことになった。

このままでは死んでしまう。ブリソもロランも今のパリでは、本当に殺されてしまう。ジロンド派のことは好きではないし、ないからには同情などしないながら、やはり違う、それはおかしいと、デムーランはどうでも抵抗感を拭《ぬぐ》えなかった。

あるいは僕だけが感傷的にすぎるのか。これくらいの流血沙汰《ざた》は一部の騒ぎと、黙殺して然るべきなのか。古《いにしえ》の歴史を繙《ひもと》くならば、もっともっと凄惨《せいさん》な大量虐殺さえ枚挙にいとまがないくらいだからと。政敵まで排除できるとするならば、むしろ賢く機会に乗じるまでではないかと。

デムーランは、ぶんぶんと頭《かぶり》を振った。やはり捨ておくわけにはいかない。この目で現場をみているからには、このまま捨ておくことなどできない。捨ておいてしまったら、父さんはフランスの未来を拓《ひら》いたなどと、もう二度と息子に誇れなくなる気がする。

――やはり、止めなければ。

決意を繰り返しながら、マラに預けられた紙片に再び目を落とすと、ふと目に入ったのが、法務大臣ジョルジュ・ジャック・ダントンの副署だった。こんな勧告をダントンまで認めたのか。パリの惨状を知りながら、少しも躊躇《ためら》わなかったというのか。

――ならば、なおのこと、ダントンしかいない。

いったん突き放された相手に、また掛け合おうなどと、我ながら望み薄な話だった。が、やはりダントンしかいない。つきつめれば、今このときのこうした事態の責任は、ダントンにこそあるからだ。大胆に、もっと大胆に、常に大胆にという叫びが、全ての始まりになっているのだ。

――生涯の友と信じた男を向こうに、たとえ刺し違えることになろうと……。

行くしかないと、デムーランは再び駆け出した。

7――思わぬ顔ぶれ

グレーヴ広場からであれば、橋を渡る必要もない。ルイ・ル・グラン広場の法務省へは、パリ右岸を西へ西へと、ひたすらに走ればよかった。血塗れのパリなどみたくもないと思うほど、一心不乱に駆け抜けるのみだった。

そのままの勢いで建物に飛びこんでも、書記官長であれば制止する役人もいなかった。デムーランは最低限の訪《おとな》いを入れることもなく、いきなり大臣室の扉を押した。

「ああ、デムーラン氏じゃありませんか」

名前を呼ばれて、なお数秒デムーランは空白に捕われた。

相手の顔がわからないというのではない。それどころか、容易に読みがたい表情の曖《あい》昧《まい》さと、気味悪いくらいの猫撫《ねこな》で声は、たぶん死ぬまで忘れられないものだ。が、それはダントンの部屋にいるはずがない、いや、いてはならない男だった。

「タレイラン……」

シャルル・モーリス・ドゥ・タレイラン・ペリゴール——王国屈指の大貴族の生まれにして、元オータン司教、元議員。

教会財産国有化の先達《せんだつ》にして、聖職者民事基本法の立役者、その意味では今日のフランスを席捲《せっけん》している宗教的な混乱、シスマ（教会大分裂）の元凶となった人物。

愛人から愛人を渡り歩く社交界の寵児《ちょうじ》にして、一夜にして破産するほど無分別な博打《ばくち》うちでもある、あのタレイラン・ペリゴールが、法務省の大臣室には確かにいた。

——どうして……。

ダントンは人脈の広い男だ。が、さすがにタレイランと懇意だなどと、ついぞ聞いたことがなかった。

政治的な立場をいえば、元司教は一七八九年クラブの流れで、フイヤン派に属している格好にもなり、はっきりいえば政敵である。

ロランとか、セルヴァンとか、ジロンド派のほうに擦《す》り寄るならば、まだわからないではないようにも思われるが、よりによってダントンのところにいるとは……。

——わからない。

理解できない馴れ馴れしさで、親しげに話し出されれば、なおのこと嫌悪が募る。タレイランはダントンでなく、こちらにこそ歩みを寄せてきたのである。

「ミラボーのところで、何度かお会いしましたな」

「ミラボーの……、ああ、そうでした」

「いやあ、今をときめく有力者のお二人ですから、かつての第一人者ミラボーも霞《かす》むばかりということですかな。ダントン氏は二番得票で、すでに当確が出ましたが、デムーラン氏だって、いよいよ議員先生ということになりそうじゃないですか」

「そ、そうなんですか」

「目下の得票は当落線上だと、ケルサン伯爵と争っていると、そう聞いております。なに、御心配なさらないで。このタレイラン・ペリゴールが予言しておきましょう」

デムーラン氏、あなたの勝ちです。ええ、賭《か》けてもいい。そう続けられるほど、こちらは業腹《ごうはら》なばかりだった。はん、あなたの賭けになった時点で、すでに不吉な予感がするんですよ、僕は。

当落線上だの、ケルサンと争っているだの、そんな本人も知らない事情をペラペラと喋《しゃべ》られれば、やはり愉快な気はしなかった。どう悪いという話でないとは承知しながら、釈然としない思いは渦巻いて、胸奥にわだかまった。

一番当選だとか、せめて当確だとかいうのならまだしも、土台が当落線上を話題にされて、どう応《こた》えればよいというのだ。

――いや、いや、こんなときに選挙結果など……。

気にするほうがおかしい。パリでは虐殺が横行している。人々は常軌を逸している。

こんなときに涼しい顔ができるなんて、まともな人間じゃない。ああ、そうだった。元々まともじゃなかったんだ、タレイランなんて男は。

「どうして、あんな奴《やつ》がいたんだ」

退室されて、なお憤懣《ふんまん》やるかたなく、デムーランは質《ただ》さずにおけなかった。あらためて、大臣の椅子《いす》に座ったままの友をみやると、忙しいといわんばかりにペンを動かしていた。

「旅券を発給してやったんだ」

と、ダントンは答えた。えっ、なに、なんだって。デムーランが聞き直すと、やはり目を上げることもなく、ただ声だけで繰り返した。だから、旅券さ。タレイラン殿下には特命外交官としてイギリスに渡ってもらう。

「戦争は今が山場だ。イギリスの中立だけは、なんとしても勝ち取らないとな」

「けれど、そのために君は外交使節として、ノエル師を派遣したじゃないか。監視役というか、事実上の交渉役というか、君の弟のルコルダン、それに親戚《しんせき》だというメルジェス、あの二人も一緒にロンドンに渡ったじゃないか。そのうえタレイランにまで役目を与える理由はあるまい」

「だから、タレイラン殿下には渡ってもらうという形で、旅券を発給してやったんだよ」

「どうして、そんなことを」

「質される意味がわからねえな」

「だって、タレイランはフイヤン派だろう」

「フイヤン派だからこそ、さ。このままフランスにいたんじゃあ、自分から殺してくれといっているようなものだろう」

「タレイランの理屈をいえば、その通りさ。が、だからといって……」

「フイヤン派なんか皆殺しにしてしまえ、か」

「そうはいわない。そうはいわないが……」

デムーランはどう答えてよいかわからなかった。だから、出鱈目《でたらめ》な人民裁判も、無差別の虐殺も、僕は容認できないでいるのだ。タレイランについていえば、ほんの一分《いちぶ》の共感も持てないでいるが、それでも殺せという気はないのだ。

そう信条を胸に確かめ、なお自分を取り戻せなかったとすれば、恐らくは驚きのせいだった。ああ、誰であれ問答無用に殺されるべきではないなんて理《ことわり》を、ダントンの口から聞くことになるとは思わなかった。ああ、そういうことなのだ。

ダントンは続けた。現にタレイランだけじゃない。俺は他にも旅券を出してやった。

「ラメット兄弟とか、アドリアン・デュポールとか……」

「フイヤン派もフイヤン派、まさに三頭派じゃないか」

「フイヤン派だけでもなくて、王党派のタロンなんかにも、旅券を融通してやった」

「なんてこと……。わからない。ダントン、どうして、そんな裏切りのような真似《まね》をするんだ」

「裏切りとは思わねえ。少なくとも自分を裏切っているわけじゃねえ。許される一線までは、遠慮なくやる。が、許されざる一線というものも、やはりある。俺は常々、そう考えているからな」

答えてのけられ、デムーランに反論はなかった。その通りだと思うからだ。

反革命の輩《やから》は捕えて、すぐに殺せ。正規の裁判所がさぼるなら、人民裁判も否定するものではない。原理原則としては声高に唱えられても、現実の政治の場には許される一線、許されざる一線というものはある。全く真理なのである。

認めていれば、反論など出ようがなかった。が、それでもデムーランは問いかけだけは留《とど》めることができなかった。ああ、それじゃあ、ダントン、答えてくれ。

「今のパリは許されるのか。この虐殺は容認の範囲なのか」

「見極めるのに、ぎりぎりのところまでは来ているな」

「だったら、ブリソの逮捕はどうなんだ。ロランの逮捕はどうなんだ」

「なんの話だ」

「ロベスピエールが告発を言い出して、それを受けたマラが監視委員会を動かし、あげくに蜂起《ほうき》の自治委員会は、ブリソ、ロランはじめ、ジロンド派の指導者たちに逮捕状を出したんだよ」

「なに」

そう問い返したとき、ダントンはようやく顔を上げた。野獣のような目が底光りして、まるで凄《すご》むようだった。本当か、カミーユ。本当にブリソやロランが身柄を拘束されるというのか。

「本当に殺してしまおうというのか」

「多分ね。というか、僕に聞かないでくれ。だって、マラが地方あてに書いた勧告に、わざわざ副署を入れたのは、ダントン、君のほうじゃないか」

「それはそうだが……」

ダントンは腕組みした。興奮して立ち上がると、そのままで再び座り直すではなかった。それどころか、どんと大きな足音を鳴らしながら、迷わない一歩を踏み出した。ああ、市政庁に行こう。行って、話をつけてこよう。

「俺が自分でマラと話をしてみよう」

ダントンは法務省を後にした。その背中を追いかけるしかなくて、とりあえずは自分も小走りになりながら、やはりデムーランは釈然としたわけではなかった。

というのも、ダントンが血相を変えて動いたのは、果たして人道ゆえの話なのか。それとも政治の役に立つ大物には、貸しを作っておいたほうがよいという計算ゆえか。

――わからないよ、ダントン、君のことが。

右でも左でもなく、中央で舵取《かじと》りしなければならない。ダントン以外の革命家には荷が勝ちすぎる。絶妙な政治感覚と精妙な均衡感覚を備えなければ、とても試みられたものではない。かの大ミラボー亡きあと、その後継者はひとりしかいない。

そのことを理解して、なおデムーランは苦悶《くもん》しないでいられなかった。だって、在りし日のミラボーは、もっとドッシリしていたぞ。縦横無尽に動き回るようでいながら、その実の自分は少しもぶれなかったぞ。比べると、ダントン、君はあまりにも大きく動いて……。

――いや、比べるのは、おかしい。

比べたくなるほどの弱点があるというなら、それを友である自分が補わなければならない。

それこそミラボーでは完璧《かんぺき》すぎて、役に立てる隙《すき》さえみつからなかった。それがダントンにはみえるというなら、今こそ自分が助けなければ。そうやって前向きに考えようとするのだが、もう心がすっかり軽くなったといえば、やはりデムーランには嘘《うそ》になった。

8——国民公会の始まり

一七九二年九月二十一日、国民公会《コンヴァンシオン》が開幕した。

議場は同じテュイルリ宮殿調馬場《マネージュ》付属大広間ながら、天井いっぱいまで満ちる熱気は立法議会が開幕したときのそれとは、明らかに温度を違《たが》えるものだった。

「暑い、というより、暑苦しいわ」

立ち見まで出た傍聴席で呟《つぶや》いた、それがロラン夫人の偽らざる感想だった。

ただいるだけで、汗ばんでくる。どこかしらから、饐《す》えたような臭いまで漂ってくる。私じゃないと香水をつけてきても、向こうからは流れてきて、いつも不快な思いをする。

あれから数日たつが、今も雰囲気は変わらなかった。なるほど、変わるはずがない。

七百五十人の議員はフランス初の普通選挙で選ばれていた。

能動市民《アクティフ》、受動市民《パッシフ》の区別がなくなり、二十一歳以上の全ての男子に選挙権が与えられたのだ。経済力の多寡《たか》で人間が峻別《しゅんべつ》されることがなくなり、その全員が等しくフランス人であるとの前提において、自分たちの代表を新たに選んだのだ。

——どうなることやら。

ロラン夫人は複雑な思いで眺めた。

いや、往年のルソー少女としては、それこそ理想と思うべきだった。

オランプ・ドゥ・グージュだの、テロワーニュ・ドゥ・メリクールだの、あるいは最近伸《の》してきたクレール・ラコンブだの、勘違いした女革命家たちのように、女にまで選挙権をよこせと叫ぶ気はないものの、能動市民、受動市民と分ける選挙法、いわゆるマルク銀貨法は端的に美しいものではなかった。民主主義の原理原則から懸け離れ、あまりに整合性を欠くと、感心できずにいたことは確かなのだ。

——とはいえ、現実にサン・キュロットが投票すると考えると……。

理性的な判断で自らの代表を選べるのか。字も満足に知らず、ましてや本を読んだこともなく、知性教養の欠片《かけら》もないような人々に、まともな投票行動ができるのか。やはり政治はブルジョワに任せるべきではないか。我ながら理屈に合わないと思いながら、ロラン夫人にはサン・キュロットの参政権など、俄《にわ》かには認めがたい気分もあったのだ。

——わけても、パリはひどい。

一応のブルジョワながら、自らパリ生まれであり、できれば扱《こ》き下《お》ろしたくはないのだけれど、やはりひどいといわざるをえない。

野卑で無学、貪欲《どんよく》で無節操、まさにサン・キュロットの見本のようでありながら、自分たちこそ世界を変えられるのだと、ひどい思い上がりをしているからだ。

話を国民公会に戻すなら、九月二十一日、登壇したコロー・デルボワは審議初日において、いきなり王政の廃止を言い出した。諫《いさ》めるどころか、いっそう激越な調子で畳みかけたのが、立憲派聖職者のグレゴワールだった。

「怪物どもが肉体に潜むがごとく、王たちは精神を縛るのだ。宮廷、それは犯罪の工場であり、腐敗の根源であり、暴君の隠れ家である。諸王の歴史とは諸国民の犠牲者名簿なのだ」

国民公会は熱狂した。そのまま投票にかけられることのないよう、バズィールは善意の抗議を行ったが、聞く耳も持たれなかった。

初日にして、王政は廃止された。翌九月二十二日、国民公会は共和政まで宣言した。ビヨー・ヴァレンヌの提案で、九月二十二日付の全ての公文書に「フランス共和国一年の一日目」と日付が入れられることになったのだ。

つまるところ、八百年、数え方によっては千三百年も続いたフランス王国が、ほんの二日の審議で綺麗《きれい》に消滅した。

——あっけないものだわ。

ロラン夫人としては、やはり嘆息せざるをえなかった。

王政の廃止が悪いというわけではない。共和政の樹立に反対というわけではない。本来が共和主義者であり、ヴァレンヌ事件、シャン・ドゥ・マルスの虐殺と続いた一七九一年から共和政の樹立を叫んできた身にすれば、それは晴れの大願成就を意味していた。それでも呆《あき》れざるをえないというのは、立法議会の末期には別な議論があったからだ。八月十日の蜂起《ほうき》のあと、立法議会の解散と国民公会の召集が決まり、それと同時に王権が停止された。王政の廃止まで一気に進まなかったのは、それが憲法改正の問題とも密接に関連するから、それほどの大事であれば慎重な議論が必要だから、そのためには来《きた》るべき国民公会に判断を委《ゆだ》ねるほうが得策だからと、そうした理由からだった。

――その高論は全体どこに消えてしまったというの。

開幕二日にして、王政の廃止、共和政の樹立と結論して、どこが慎重な議論だというの。そう心で問いかけるなら、制しきれずに嘲笑《ちょうしょう》が頬《ほお》を歪《ゆが》めさえする。

――らしいといえば、らしいけれど。

そう思うのは、やはりというか、パリのことだった。この場合はパリが選んだ、新しい議員たちのことだというべきか。

全二十四議員のうち、一番当選のロベスピエール、二番当選のダントン、さらに六番当選でデムーラン、七番当選でマラ、十一番当選で画家のダヴィッド、十九番当選では兄の七光りとしか形容しえない弟オーギュスタン・ロベスピエールと、乱暴な理想主義者や直情的な煽動家《せんどうか》ばかり、選びも選んだものなのである。

さらに地方選出の議員も加えて、ジャコバン派、もしくは議席の高いところを好んだことから山岳《モンターニュ》派とも呼ばれ始めた党派は、国民公会でも百ほどの議席を獲得していた。高低でなく左右をいえば、これが新しい議会の左派ということにもなる。

十分に議事を左右できる勢力といえた。この過激な輩《やから》が開幕早々の演壇に登りながら、派手な演説を打《ぶ》ち上げたのだから、あっけないくらいの印象で王政が廃止され、共和政が樹立されたとしても、あるいは不可思議な運びではなかったかもしれない。

――とはいえ、熱狂したのはジャコバン派だけではない。

とも、ロラン夫人は振り返る。ジャコバン派だけでは、なにも採択されないし、なにも可決に達しない。残り六百余議員の少なからずも、劣らず熱狂したからこそ、国民公会は乱暴な勢いを持ったのだと、かかる他面の真実にも目をつむるつもりはない。ああ、ジャコバン派の煽動に誰も反対しなかったからこそ、あれほど一方的になった。いや、そこは素直に認めるべきか。

――またジロンド派も熱狂した。

ことによると、ジャコバン派以上に熱狂、ほとんど狂喜する体《てい》だったかもしれないとさえ、ロラン夫人は思う。

もちろん、ジャコバン派のように乱暴でも、直情的でもない。常に理性的に考え、最善を判断して、自らの考えを推し進める。が、理由もない不安や恐れに縛られて、無闇《むやみ》に慎重に構える必要となると、これはなくなっていたのだ。

――というのも、私たちは戦《いくさ》に勝った。

ロラン夫人がいうのは文字通りの戦、オーストリア軍やプロイセン軍を相手に行われてきた、本物の戦争のことである。

四月以来戦ってきて、これまでは敗戦続きだった。開戦論を強く唱えて、フランスを戦争に突き進ませたのは、自他ともに認めるジロンド派だった。

責任論が湧《わ》き上がれば、必ずといってよいほど責められた。「オーストリア委員会」が悪い、亡命貴族が悪い、宣誓拒否僧が悪い、王党派が悪いと、そのたび責任転嫁の工面を余儀なくされて、まさにジロンド派のアキレス腱《けん》だった。

その戦争に勝てたのだ。ロンウィ、ヴェルダンと落とし続けて、自《おの》ずと勢いに乗るプロイセン軍を、無残な敗走に追いやったのだ。

九月二十日、フランス軍はヴァルミィの戦いに勝利した。火力に勝るプロイセン軍の砲撃に堪えて凌《しの》ぐや、祖国を守るのだという不屈の気概で攻勢に転じてみせた。

――そのとき軍を率いていたのは、我らがデュムーリエ将軍。

やってくれた。よくぞ、よくぞ、やってくれた。その事実を想起しているときだけは、さすがのロラン夫人も胸の震えを抑えることができなかった。

ルイ十六世の抜擢《ばってき》で外務大臣となるや、ジロンド派内閣の実現に奔走してくれたときから感じていた。やはり、只者《ただもの》ではなかった。やはり、ジロンド派の保護者だった。いや、敗戦続きのフランスに初めての勝利をもたらして、もはや祖国の守護神なのだ。

――これこそは壮挙だわ。

冷静沈着なジロンド派も、熱狂するはずだった。もはや恐れるものはないと、大胆な一歩を踏み出す気にもなれたはずだった。なんとなれば、戦争責任を問う声は、金輪際《こんりんざい》なくなってしまうのだ。

いや、土台がジロンド派を責める声など上がらなかったかもしれない。選挙の結果そのものからして、悪くなかったからだ。

ブリソとペティオンがシャルトルを県庁所在地とするウール・エ・ロワール県で、ヴェルニョー、ジャンソネ、ガデ、デュコ、さらに新人ボワイエ・フォンフレードがボルドーを県庁所在地とするジロンド県で大勝したのを皮切りに、パリでは劣勢のジロンド派も地方では優勢だったのだ。

第一に八月十日の壮挙は、ジロンド派の勝利と受け止められた節があった。やはりといおうか、直後に成立した臨時執行評議会を、多数のジロンド派が占めたためだ。

が、それに関していえば、選挙前ある程度までは予想された展開だった。いつもながらというか、さらにジロンド派には思いがけない幸運がもたらされた。

他でもない、九月虐殺である。

パリで起きた惨劇が伝わるや、多くの地方は共感するより戦慄《せんりつ》した。投開票が遅れていた県では、ジャコバン派の候補をジロンド派の候補が逆転するという現象が起きたし、また選挙結果が確定していた県でも、パリ上京を果たすや無党派だった議員が、ジャコバン派よりジロンド派に合流した。

結果、ジロンド派は国民公会において、百五十人ほどの勢力を有することになった。フイヤン派がいなくなったので、かつての左側から大きくずれることになり、新しい議会では右派をなす格好だ。

さておき、残りの五百議員ほどが今回も左右の中間、政治的立場としては中道の、平原派《プレーヌ》あるいは沼派《マレ》になる。最大多数であるとはいえ、これは無定見の無党派である。したがって、ジロンド派こそ事実上の最大勢力なのである。

その実力は開幕前日の九月二十日に持たれた会合から、すでに発揮されていた。

行われたのは新議会における役員の選出だったが、ジロンド派は国民公会の初代議長にペティオンを就けることに成功した。のみならず事務局の書記にブリソ、ヴェルニョー、ラスルス、コンドルセ、ラボー・サン・テティエンヌと押しこんだのだ。

最後のひとりがカミュだが、これは王党派とか、フイヤン派の残党とか呼ばれた人物である。つまりは立法議会の右派の生き残りまで、ジロンド派に合流した。国民公会を色分けする新しい勢力図を眺めてみても、もはや誰を恐れる必要もなくなっていたのだ。

——ダントンさん？

ああ、ダントンさんて、そういう方もいらしたわね。名前を繰り返すほど、ロラン夫人の頬では嘲笑が大きくなる。

ダントン本人としては左右両派の間を取り持つ仲介役として、つまりは扇の要《かなめ》になることで主導権を握る政界の中心者を、今も自任しているのかもしれなかった。

事実、先の九月虐殺でも、恩着せがましい真似《まね》をしてきた。ロベスピエールやマラに掛け合うことで、ブリソやロランらに出された逮捕状を取り下げさせたのだ。そうすることで、パリの下品な輩が方々で繰り広げていた暴挙から、ジロンド派の要人たちを遠ざけたのだ。

当座は確かに救い主にみえた。数日のパリは明らかに常軌を逸していて、その勢いに呑《の》まれたが最後という雰囲気があったからだ。あのまま逮捕されていたら、出鱈目《でたらめ》な裁判に連れ出されて、あっさり殺されてしまったこと請け合いなのだ。

が、風向きが変わってみれば、なにほどの恩情だったかという気もする。いってみれば、ごく当たり前のことをしただけだ。少なくとも、そのことでダントンなどに、いつまでも幅を利かされては堪《たま》らないのだ。

——もはや戦いを躊躇《ちゅうちょ》する理由はない。

デュムーリエが勝利を収めたからには、祖国の危機を回避するための挙国一致の必要など、とうになくなっていた。選挙を通過してみれば、左右の均衡も崩れていた。九月虐殺に非難の声が集まるなか、パリの蜂起の自治委員会も監視委員会を解散し、すっかり意気消沈してしまっている。

――だから、もう本当に誰を恐れる必要もなくなった。

9——政争の激化

ジロンド派はダントンに頼らない方針を固めていた。頼ることで得られる当座の平穏など、もう要《い》らないと判断したのだ。

和合の装いとて、もはや上辺なりとも困難だった。ジャコバン派との対立の図式は、いよいよ鮮明になってきた。

その権力基盤からして、ジャコバン派は必然的にパリ重視の立場だった。八月十日の偉業をなしえた革命の先達《せんだつ》として、パリには特別な地位を与えようとする素ぶりもある。

反対にジロンド派は地方重視、というよりパリ憎しの感情に根ざすパリ軽視の立場であり、首都を包含するとはいえ、所詮《しょせん》は一県にすぎないのだから、その権力権限を八十三分の一にまで減じなければならないと唱えている。

いや、それ以下でもかまいやしない。

――だって、パリなんか無政府主義者の巣窟《そうくつ》じゃないの。

ジャコバン派は秩序の破壊者である。あげくの狙《ねら》いは自らが独裁を敷くことである。それが証拠に指導者たちの号令一下、パリは議会に圧力を加えるような真似《まね》もする。そんなことはないと、当然ながら反論する面々が、ひるがえってジロンド派を責めるときは、アメリカかぶれの連邦主義者と、それくらいの言葉を使うことになる。

アメリカかぶれというのは、九月二十一日のマヌエル発言を取《と》り沙汰《ざた》したものである。パリ市の第一助役から転じた議員は、今は盟友ペティオンが務めている議長の職を「フランス大統領」と呼びながら、一種の国家元首として宮殿生活はじめ数多《あまた》の名誉で飾られるべきだと唱えた。大統領との言葉を出したのは、もちろん「アメリカ大統領」を念頭においてのことだが、これが激しい反論を招いたのだ。

「フランスが廃止しようとしているのは、王という単なる名前だけではない。王権を想起させるようなものは、全て廃止しようとしているのだ」

かかるシャボ発言を容《い》れて、国民公会はマヌエルの提案を否決した。すなわち、フランスはアメリカの真似をしない。が、それは王のように執行権を与えられた大統領というものを任命しないと、そのままの否定を意味するに留《とど》まらなかった。

アメリカといえば、州権主義の国である。各州が政府を持ち、強力な自治権を行使している。つまりは連邦制の国なのである。

そこまで真似て、ジロンド派はフランスを連邦制にするつもりではないか、大統領という要《かなめ》で束ねるとはいいながら、バラバラにするつもりではないかとまで拡大解釈して、ジャコバン派ときたら大騒ぎになったのだ。

――邪推も甚《はなは》だしい話だわ。

ロラン夫人の気分をいえば、いよいよ呆《あき》れて言葉も出なかった。だって、フランスを細切れにして、ジロンド派に何の得があるというの。地方をどうこうしようなんてつもりが、あるわけないじゃないの。ただ私たちは、あなた方の勘違いが我慢ならないというだけ。思い上がったパリなんかに、大人しく平伏してやるつもりがないだけ。

「ですから、県民衛兵隊が議会を守るべきなのです」

議場に声が響いていた。やや甲高いけれど、独特の切れがある声だった。

九月二十四日、国民公会における審議も、個別の議論に進んでいた。といって、改められるべき憲法について激論が戦わされるでなく、その先導役となる憲法委員会の委員が選抜されるのでさえなかった。

こうなれば他に仕方がないというべきか、一番に取り組まれたのが政争だった。

「ええ、フランス全八十三県が、それぞれに送り出す衛兵隊です。連盟兵とは違って、専《もっぱ》ら議会の守護のために、送り出される部隊のことです」

ジロンド派にすれば、九月虐殺という格好の口実が与えられている今こそ攻めどきだった。

甲高い声は続けた。ええ、ひとつ想像してみてください。

「九月二日、三日、四日、五日、六日とパリに繰り広げられた、あの凄惨《せいさん》な光景について、フランス全土くまなくに、その恐ろしい真実そのままが伝えられたとすれば、地方の当局は、あるいは選挙人集会にしてみたところで、我々議員にそんな危険なところに行くなと命じたのではないでしょうか」

それはジャコバン派とパリに対して投げかけられた挑戦状だった。

すなわち、いつまでも蜂起《ほうき》の自治委員会に勝手を許すつもりはないと。八月十日の蜂起を成功させた、その野蛮な力を後ろ盾に、これからも議会に圧力を加え続けるというならば、こちらにも考えがあると。パリならぬ諸県から掻《か》き集めた大軍で、神聖な議場の周囲を固めてやると。暴徒が些《いささ》かの脅しを加えたところで、微動だにしないだけの防備を整えてやると。

最初に着想したのは、ロラン夫人だった。

八月十日の蜂起のときで、無名の群集が示した怒濤《どとう》の勢いに戦慄《せんりつ》しながら、なんとかしなければならないと、えもいわれぬ不安に駆られたのが始まりだった。

九月虐殺においては、その脅威が夫の喉元《のどもと》まで迫り来た。パリの民衆に対抗しうる実力を、実際の形として早急に整えなければならないと、いよいよ焦りに駆られたのだ。

であれば、臨時執行評議会の内務大臣ロランの構想として、すでに立法議会の末期から提案していた。

「諸君、諸君は自分たちのそばに、衛兵を呼び寄せたいとは思わないのか」

昨二十三日にも、ロランは繰り返していた。

「議会が圧倒的な兵力で取り囲まれ、外部からの圧力から守られて、はじめて自由な討議ができるのではないか」

その兵力をフランス八十三県から等しく召集しようと、より具体化したものが、今日の国民公会で発議された県民衛兵隊構想だった。

「殺人挑発者に対する法律が必要であるばかりでなく、各県が自分たちの選出議員の安全について安心できるだけの数の衛兵で公会を取り巻く必要があるのです」

冴《さ》えた声が続けていたのは、ジロンド派の戦略の、まさに正常な進化だった。

パリの地位を相対化させようという意図も、これまでの論理と齟齬《そご》を来《きた》すものではない。九月虐殺の記憶が生々しい今のうちに、大急ぎで弱みを突くのだという戦術も間違っていない。ああ、そもそもが私の考えなのだ。繰り返し繰り返し練り直して、構想としての完成度も上がっているはずなのだ。

——なのに、どうしてこんなにハラハラしてしまうのだろう。

ロラン夫人は色が変わるくらいに手を揉《も》んでいた。

「ええ、これによって、はじめて、議員たちは不安がなくなります。全く独立して投票できるようになります。パリの数人の議員たちの奴隷にならないで済むのです」

けれど、くれぐれも無理はなさらないで、ビュゾさん。声にもならない声で呼びかけた先には、栗色《くりいろ》の豊かな髪を撫《な》でつけた、白皙《はくせき》の青年が立っていた。

フランソワ・ニコラ・レオナール・ビュゾ、エヴルー選出議員として、全国三部会、国民議会、憲法制定国民議会の議員として活躍したあと、いったん帰郷して、ウール県の刑事裁判所長となっていた有望株が、いよいよパリに戻ってきていた。

九月三日に当選を決めたからだ。ウール県選出の国民公会議員として、再び中央の政界で活躍する身となったのだ。

けれど、パリは以前のような穏やかなパリではない。

――くれぐれも……、くれぐれも……。

国民公会が開幕するや、政争が始まろうとしていた。激しい争いだ。これまでにないくらい、激烈を極めるかもしれない。

少なくともロラン夫人は、初めて怖いと感じていた。同時に肝に銘じたところ、これからは高いところから寸評を加えて、それで済むわけではないと。泥に塗《まみ》れることになったとしても、自ら戦わなければならないのだと。

――だって、私はビュゾさんのことを……。

新しい議会は嫌だ、嫌だと思いながら、それでも心配で、心配で、来ないわけにはいかないロラン夫人だった。

10――マラ

国民公会《コンヴアンシオン》の正式な議員として、今や議席を占める身になったというのに、デムーランの呟《つぶや》きは以前とそれほど変わらなかった。ああ、わからない。

――僕には皆目わからない。

ダントンがわからない。が、かたやのブリソも、またロランにしても、デムーランには政治家というものが、容易に理解できなかった。国民公会が開幕してからも、懊悩《おうのう》は増していくばかりだ。

――というのも、皆で挙国一致の誓いを立てたはずではないか。

ロベスピエールなり、マラなりが暴走して、ブリソやロランに刃《やいば》を向けようとしたことは事実である。が、それもダントンが阻止した。自ら市政庁に乗りこんで、仲間割れも覚悟で激しい口論を演じたあげく、監視委員会の逮捕状を取り下げさせたのだ。

九月虐殺当時の雰囲気からして、命の恩人といっても過言ではない。にもかかわらず、ダントンの顔を潰《つぶ》して一顧だにしないのだ。

ジロンド派ときたら停戦を破るのか。デュムーリエが戦勝を勝ち取り、国民公会の勢力図においても優位に立ち、それだからと、それまでの経緯を忘れて、あっさり矛を構えられるものなのか。

「ジロンド派の連中、どうせ三日停戦というところだろうがね」

そう評したのはマラだった。ダントンの説得に折れて、渋々ながら逮捕状を取り下げた九月四日の発言で、文字通りの三日とはいわないものの、その毒舌は例のごとく、当たらずとも遠からずという線だった。

昨九月二十四日のビュゾ演説をきっかけに、ジロンド派の総攻撃が始まった。

わからないといえば、またビュゾもわからなかった。

デムーラン自身が特に親しいわけではなかったが、それでも以前から知っていた。ブルトン・クラブ以来の革新派で、かつてはロベスピエールの盟友のひとりだった。同じく左派の同志で鳴らしたペティオンも、今やジロンド派の領袖《りょうしゅう》であれば、ビュゾの選択がありえないわけではなかったが、それにしても昨今の政治は仁義がなさすぎると思うのだ。

議席から眺めると、演壇は驚くほど間近に感じられた。が、傍聴席のように高みから展望できるわけではないので、かえってよくみえなかった。

その相乗効果なのか、演説は思いのほかに迫力満点だった。九月二十五日、最初に登壇したのは、ジロンド派のマリー・ダヴィッド・ラスルスだった。

「要するに私は、陰謀家が牛耳《ぎゅうじ》るパリがフランス国内において、かつてローマがローマ帝国内において占めた地位を占めることを、よしとは思わないのです。パリは他の県と同じように、八十三分の一の勢力まで落とされるべきでしょう」

それはビュゾによる県民衛兵隊案を、別角度からの理屈で援護したものだった。

が、標的はパリだけではない。「陰謀家」と言葉が出されたのは、偶然ではない。実際のところ、次から次と登壇するジロンド派が、ここぞと集中砲火を浴びせたのは、ダントン、それ以上にロベスピエールだった。

「独裁の意図がある」

つきつめれば、それが告発の内容だった。

蜂起《ほうき》の自治委員会《コミューン》と結託しながら、パリの暴徒を私兵よろしく動かすことで、大臣たちに、議会に、すなわちフランス全土に圧力をかけ、もって全ての権力を手中に収めようとしている。九月虐殺の顚末《てんまつ》こそ、その最たる証拠であるというのだ。

当然ながら、ダントンは吠《ほ》えた。

「それなら、俺自身が要求してやる。独裁とか、三頭政治とかを目論《もくろ》む輩《やから》は、いきなり死刑にするって法律を作ろうじゃねえか。そのかわりな、フランスをバラバラにしようなんて了見にも、同じように死刑で報いるって法律も拵《こしら》えようや」

ロベスピエールも黙ってはいなかった。ああ、こうまで観念的ないいがかりが、よくぞあったものです。それなら私も観念論で答えさせていただこう。私は自分のことを、なにかの罪による被告と考えたことなどない。愛国心に発する大業《たいぎょう》を、見守ったという自負ならある。独裁の意志をも含めて、私には野心というものはない。むしろ私は常に野心家と戦ってきた。

「ときに諸君、もっと聞きたいと思いますか。うんざりしたというのなら、どうか具体的な話をしてほしい。嫌疑をかけたいというならば、いささかでも証拠がある嫌疑をかけてほしい」

それからは怒鳴り合いのような論戦に突入した。渦中の議場に席を占めれば、これまた傍聴席から眺めるよりも混沌《こんとん》として感じられ、自分も加わらなければとは思いながら、デムーランは気後れから容易に抜け出すことができなかった。

もっとも、勇んで参加した面々のなかに、議論を制するほどの議員がいたわけではない。演壇に上がり、正式な発言を試みた者もいたが、なにか論じようとしては罵倒《ばとう》の声に迎えられる。これ幸いと、論者を押しのけようとする者まで現れるが、さすがに押し返されてしまいと、これまた誰かが全体の注目を集めるという運びにはならなかった。

——それどころか、今や空《から》だ。

それぞれが勝手に声を大きく張り上げ、それを議長ペティオンが必死に制しようとしているだけで、いつしか晴れの演壇には誰の姿もなくなったのだ。

「今の国民公会を象徴するかの光景！」

それくらいの文言《もんごん》で煽動的《せんどうてき》な記事が書けるかなと、新聞屋の癖で考えていたときだった。デムーランは気づいた。のっそりという感じの動きで、演壇に達した影がみえた。

猫背の姿勢が、土台の小柄をいっそう小さくみせていた。ところが、乱れ放題の頭髪といい、あちらこちらをガリガリと掻《か》き続ける手の忙《せわ》しなさといい、あげくに暗色の上着を白くしている粉っぽい汚れ方といい、独特のむさくるしさが刮目《かつもく》の存在感になっているのだ。

手といい、喉《のど》といい、顔といい、皮膚という皮膚は持病の湿疹《しっしん》に常に黒ずんでいる。ギョッとさせられたあげくが駝鳥《だちょう》にも似た思いのほかに愛嬌《あいきょう》あふれる顔つきに、知らず幻惑されてしまう。

——ということは、やはりのマラか。

今度こそと、デムーランは注目した。気まぐれを起こしたのでも、道に迷ったわけでもなく、実際にマラには登壇の意志があるようだった。

その場から議長に発言の許可を求めたが、周囲がやかましすぎて、もちろん声は聞こえなかった。が、ペティオンの返事のほうは耳に届いた。

「ああ、よろしい。マラ議員に発言を許可しよう」

議場は静まり返った。いうまでもなく、マラの登壇を認めての話である。あらためて、晴れの壇上が似合わない男だった。そもそも、どうして立候補したのかと気持ちを疑ってしまうくらい、議員という柄ではなかった。あまりにも有名なのは自身の代名詞にもなっている新聞、『人民の友』のほうだからだ。

冴《さ》え渡る毒舌に、意外や正鵠《せいこく》を射る高い批評性、なかんずく当局を恐れない直言で勇名を馳《は》せながら、何度となく告発され、そのたび亡命を余儀なくされてきた。ときに投獄にさえ甘んじてきたマラの風貌《ふうぼう》は、議員になる前から知らぬ者もないほどだった。が、それで議場を静まり返らせることはできても、手放しの大歓迎を自《おの》ずと促せるわけではなかった。

実際のところ、静寂が破れたあとに続いたのは、専《もっぱ》らが聞き苦しいばかりの罵倒だった。

「なんだ、なんだ、どうして発言を許可したんだ」

「演壇から引きずり降ろせ、演壇から引きずり降ろせ」

「ああ、マラだぞ。あの無礼きわまりない男だぞ」

「無礼で済めばいい。が、こいつは監視委員会の一員だったんだ。つまりは九月虐殺の黒幕だ。いや、首謀者だ。つまりは殺人鬼というわけだ」

「そうだ、そうだ。またどんなとんでもない話を始めるか、知れたものじゃないぞ」

デムーランにしてみても、どんな発言が飛び出すものやら、ちょっと予測ができなかった。何度か行き違いはありながら、もちろん今も仲間として、頻繁《ひんぱん》に顔を合わせる間柄だ。それでも事前の相談があったわけではなかった。それどころか、登壇の希望さえ知らされていないのだ。


マラはといえば、それほど様にならない仕草で、ひとつ肩を竦《すく》めてみせた。

「あらあら、まだ何も発言していないのに、この議会には個人的な感情で、すでに私に敵意を抱《いだ》いているという輩が、どうやら少なくなさそうだね」

惚《とぼ》けられれば、なおのこと野次が飛ぶ。

「全員だ、全員。マラ、おまえのことは、ここにいる全員が嫌っているんだ」

「おまえの仲間だって、そうさ。ロベスピエールは無論のこと、ダントンだって実はおまえのことなんか、厄介者あつかいしてるんだぜ」

「それは本当の話かね」

「決まっている」

「この議会に真実そんなに私の敵がいるというなら、私は恥を知ることの大切さを連中に思い起こさせたいものだね。祖国を救うために、その敵だという輩まで含めて救うために、一身を捧《ささ》げてきた人間に向かって、愚にもつかない叫びだの、喚《わめ》き声だの、脅迫だのを投げつけないよう、厳に注意しておきたいのさ」

強い口調ではあった。が、ダントンのように肺活量を疑わせるほどの大声を発するわけでも、ロベスピエールのように痛々しいほど大袈裟《おおげさ》な身ぶりを用いるわけでもない。あくまでマラは淡々としていた。なのに議場は再び静かになるというのだ。

――どういうことだ。

そう自問した時点で、デムーランには納得できた。いや、理路整然と説明できるわけではないが、自分自身は不思議なくらい、すんなり納得できたのだ。

だから、なんというか、つまり、マラは期待させるのだ。良《よ》し悪《あ》しは別であり、また、口撃の的にされれば厄介このうえない相手ながら、この毒舌家はある種の娯楽性を備えていて、不謹慎な言い方かもしれないが、その楽しさで皆を和ませてしまうのだ。

11――デュオ

「独裁を言い出したのは、この私さ」

演説が始まるようだった。その第一声から、デムーランはハラハラした。
型破りというか、非常識というか、思えば娯楽性に満ちているがゆえなのかもしれないが、いずれにせよ穏便に済むということがない。
とはいえ、マラは「独裁」という言葉を取り出して、演説の中身としてはダントンならびにロベスピエールの弁護を試みるようだった。

「いいだしっぺであるからには、私には私の仲間たち、特にロベスピエールとダントンだけど、まあ、他の友人たちも全て含めて、私の仲間たちとなると、護民官政治だとか、独裁官政治とか、そういう考えには常に反対してきたのだと、ここで声明しておく義務があると思うのさ。ああ、独裁は私だけの考えだよ。一般の人々にその考えを広めた罪人があるとすれば、それも私だ。私こそ、裏切り者と陰謀家を打倒する唯一の妙手として、軍人護民官、独裁者、三頭政治などを提案した最初の政治評論家で、また恐らくは革命来のフランスで唯一の人間なのさ」

聞いているうち、デムーランは思わずにいられなかった。独裁を言い出したのは自分だなんて、第一声から大胆な発言だったが、それを弁解するのでなく、言を重ねるほどに、かえって居直るような演説に及んで、おいおい、そんなことといっていいのかと。

「マラ先生だって、もう立派な議員なんだし」

そう呟《つぶや》いてから、デムーランは気がついた。ああ、そうか。マラは立派な議員なんかになるつもりがないんだ。柄にもないと自覚しながら、政治家という世界の端のほうにいて、そこから遂げうる仕事があると思えばこそ、あえて議席を占めたのだ。

——王道を歩もうと思わないから……。

こんな大胆きわまりない、それだけに後で必ず攻撃の材料にされるような演説も打《ぶ》てる。さらに認めざるをえないところ、確かに優《すぐ》れた弁護になっていた。いってみれば、マラはダントンやロベスピエールの身代わりになったのだ。

なおも弁明はなかった。姑息《こそく》に前言を翻《ひるがえ》すどころか、マラは自前の独裁者論さえ述べ始めた。まあ、確かに聞こえはよくないね。ただ私の説明を加えれば、独裁者も悪くない、ひとつの選択肢かなあと、多少の共感くらいは抱いてもらえると思うんだ。

「というのも、私がいう独裁者とは、そうさなあ、なんというか、強力なる賢者のことだね。後ろ暗い大物政治家を打倒するためだけに、その絶大な権力を使うというね」

「ふざけるな」

ようやくというか、議場に野次が戻ってきた。呆気《あっけ》に取られるとはこのことで、あまりなマラの話しぶりに、それまでは皆があんぐり口を開けているしかなかった。

が、してやられている場合ではない。こんな発言を許していては、それこそ恥だと覚醒《かくせい》して、ジロンド派は今度こそ耳も貸さない総攻撃だった。

「いうに事欠いて、なんと破廉恥《はれんち》な発言に及んだことか」

「逮捕しろ、マラをこそ今すぐ捕えて、アベイ監獄に送れ」

いいたいことはいったという理屈か、マラは小さく手を振りながら、今度は演壇を降りた。その場所を一刻も早く取り戻すのだといわんばかりに、やや早足の歩き方で登壇したのは、ジロンド派随一の雄弁家ヴェルニョーだった。

異形《いぎょう》の毒舌家マラと、あまりな対照をなすといえば、肩下まで長い桃色の鬘《かつら》を風に靡《なび》かせ、今度は颯爽《さっそう》たる美男子である。

「人民の代表にとって、なにが不幸なのかって、私にいわせれば、告発命令を出されておきながら、自分の脳味噌《のうみそ》のほうが法律より上なんだと自惚《うぬぼ》れて、要するに中傷まみれ、怨恨《えんこん》まみれ、そろそろ血まみれにまでなりそうな男のあとに続いて、演壇に立たなければならないことかなあ」

つまらない皮肉も、雄弁家の手にかかれば饒舌《じょうぜつ》だった。が、だからこそ腹が立つという理屈もある。かてて加えて、すらりとした美男であれば、それこそ面白くもなんともない。ひたすら癪《しゃく》に思うだけだと、そういう理屈もあるのである。

「黙れ、ヴェルニョー」

「にやにやして、おまえこそ、真面目《まじめ》にやれ」

「ああ、時間の無駄だ。ヴェルニョー、ろくろく中身もないような話なら聞かないぞ」

「無駄に美辞麗句を弄《ろう》するだけで、ろくろく中身もないような話なら聞かないぞ」

「話なら、あります。ここに九月三日の夕《ゆうべ》、マラが起草したという文書があります。パリに見習えと、地方に宛《あ》てた廻状《かいじょう》です。読んでみます。監獄に捕われていた性悪な陰謀家の一部は……」

「やめろ、やめろ、今さらおまえに読んでもらうまでもない」

「すでにパリでは人民の手で死刑にされた。人民がこれから敵軍めがけて進撃しようとするとき……」

「だから、マラの文章なら欠かさずに読んでるんだ、俺たちは」

「あんたらジロンド派だって、実は密《ひそ》かな愛読者なんじゃないか」

ヴェルニョーは廻状の読み上げを果たせなかった。自尊心を大いに傷つけられた表情で壇を降りると、敵討《かたきう》ちといわんばかりの勢いで入れ替わるのが、同じジロンド派のボワローだった。ええ、マラ氏は嘘《うそ》を述べたわけではありませんでした。

「ここに独裁者の出現を称揚した氏の論文があります」

「やっぱり読んでるんじゃないか」

どやと笑いが起きたが、ボワローはめげなかった。衝撃の内容です。マラ氏をアベイ監獄に送るに十分な証拠になっています。

すると、死角になった下のほうから、ボワローを肩で押しのける影があった。マラ本人が再びの登壇だった。

「それは、なんというか、興奮したときに書いたものでね」

「なに、なんです」

「あるだろう、ボワロー君、きみにだって。書いてるうちに熱くなって、最後は心にないことまで書いてしまうということが」

「では、本当は独裁者を待望していないというんですか」

「そうではなくて、これが最新の論文だというのさ」

マラは確かに、手になにかをヒラヒラさせていた。また笑いが起きかけたが、大きく音になる前に萎縮《いしゅく》した。皆が息を呑《の》んだからだ。型破りとも、非常識とも評してみるが、それにしても今度は大胆不敵にすぎたからだ。

マラは短銃を取り出していた。デムーランには、わかった。バスティーユに乗りこんだとき、守備隊の宿舎から探し出して、勝手に自分のものにした短銃だ。

装飾まで入れられた貴族趣味の逸品で、それだけに目を惹《ひ》いた。議場をあまねく瞠目《どうもく》させるに十分だったが、さらに銃口を自分の額にあてたからには、誰か余人を脅しつけるより質《たち》が悪い。

「私に告発状が出されたら、この演壇で頭を撃ち抜くことを表明しておこう。まったく、なあ、これが祖国を救うために堪えた三年間にわたる苦しみの報いだなんてね。不眠と、努力と、貧乏と、工夫と、それに冒さざるをえずして冒した危険の報酬だなんてね」

「そんなことはありませんよ、マラ」

いいながら、銃を奪いとった男がいた。ええ、仮にあなたが頭を撃ち抜かれなければならないのなら、同じく私も撃ち抜かれなければならないでしょう。というのも、私はあなたと行動をともにした。少なくとも、九月虐殺の数日は市政庁で同室していた。

「であれば、また私も同じ責めを負う」

ロベスピエールだった。またしても、デムーランは呻《うめ》かずにいられなかった。わからない。本当にわからないものだ。

こうしてみると、意外や絶妙のデュオだった。大胆不敵なマラと並ぶと、過激なロベスピエールが穏健な常識家にみえる。他方で堅物のロベスピエールに歩み寄られると、マラは諧謔《かいぎゃく》が勝ちすぎるだけだという気がしてくる。

ロベスピエールが堅すぎれば、それをマラが和らげるし、またマラがふざけすぎたときは、ロベスピエールが再び真面目に引き戻す。

――マラ先生と合うとはね。

驚きながら、デムーランは納得せざるをえなかった。

そういえば、最近似てきている。六月二十日の蜂起《ほうき》は、二人とも参加を断っているし、八月十日にも、やはり蜂起そのものには加わらなかった。

二人とも逼塞《ひっそく》といえるほどの状態だったが、パリに蜂起の自治委員会《コミューン》が発足して後は、二人とも事前に打ち合わせていたかのように、とたん精力的な活動を始めたのだ。

――なるほど、実は二人は政治路線も、ほとんど同じだ。

それでいて、これだけ個性がかけ離れているから、絶妙といわざるをえないのだ。

――いやあ、ロベスピエールと合うかあ。

繰り返して、デムーランは間違いに気づいた。合うというのとは、違うか。少なくとも、私生活でも懇意だとか、十年来の友人だとか、そういう関係ではなかった。むしろロベスピエールは、マラとは合わなかったはずだ。なるほど性格が違いすぎて、普段は話ひとつ噛《か》み合わないのだ。

――それが政治の場においては、完全にわかりあい……。

逆だ、ともデムーランは思いついた。僕とは逆だ。ダントンとの関係を考えれば、まったく逆だ。

個人として向き合えば、無二の大親友である。が、政治家としてみれば、疑問を抱かざるをえない。なにを考え、なにを目指しているのか、それすら容易に察せられず、これでは友達だからという理由でしか、ダントンを支持することができない。

「…………」

演壇には車椅子《くるまいす》の闘士クートンが進んでいた。ええ、フランス共和国は一にして決して分割できない旨を、国民公会は宣言として採択するべきでしょう。

そう始めたジャコバン派の切りこみ役は、攻守ところを変えて、今度はジロンド派のほうを、とことんまで追い詰めるつもりのようだった。

12――辞任問題

なかなか思うにまかせない。国民公会《コンヴァンシオン》が開幕して一週間、それがロラン夫人の率直な感想だった。

――まずは邪魔者を排除する。

やりやすいよう、政界を地均《じなら》しする。ジロンド派の実力、そして現下の情勢をもってすれば、簡単な話だと思われた。

九月虐殺を責められ、パリが失速するかたわら、ジロンド派のほうはデュムーリエ将軍のヴァルミィ戦勝で、ますます勢いづいていたからだ。

議会に一定の地歩を占めるも、ジャコバン派とて物の数ではないはずだった。

パリの代弁者であるがゆえに、責められるべき案件には事欠かない相手だったし、また主だった顔ぶれを眺めても、手こずるようには思えなかった。クートン、マラ、ロベスピエールでさえも、いうところの政争は得意でないはずだからだ。

――それが、うまくいかない。

まだ一週間という判断は、もちろんある。全部まとめて一掃してしまおうなどと、あるいは横着な了見だったかもしれない。ひとつひとつ潰《つぶ》していけば、絶対者としてのジロンド派の君臨さえ、すでにして時間の問題でしかないとも思い返す。

――ところが、じっくりじっくりとはいかなくなった。

ジロンド派の自信が揺るがなかったのは、身の安全が保障されているとの思いからでもあった。

パリさえ大人しくさせることができれば、ジャコバン派は怖くない。我が身にふりかかる火の粉ばかりは、意外に上手に払えるとして、自ら動いて相手を蹴落《けお》とす術《すべ》となると、これは持たないに等しいからだ。

原理原則を声高に叫びながら、そこからの逸脱を責めるのでないならば、あとは馬鹿正直な告発という、子供じみた真似《まね》しかできないのだ。

――それでも、ダントンばかりは手強《てごわ》い。

やはり手強いと、ロラン夫人は今にして認める苦々しさに堪えなければならなかった。

ダントンは一気の攻勢をかけてきた。握手を求める手を払い、こちらから殴りつけたのだから、殴り返したのが悪いと文句をいえる立場ではない。決裂は早計だったかもしれないと、だからこその後悔に駆られざるをえないというのは、その反撃が巧妙にして、しかも仮借《かしやく》なかったからである。

「てえのも、もう俺は議員だからな。法務大臣のほうは辞めるしかねえ」

そうやって、ダントンは身を引いた。国民公会の開幕初日に、もう法務大臣職の辞表を出した。そのとき持ち出した理屈が、そういう法律があるではないかと。憲法制定国民議会の時代の法律は今も生きているはずだと。

「息も絶え絶えだってんなら、今こそ国民公会が生き返らせるべきだろうさ」

それは一七八九年十一月七日の決議に遡《さかのぼ》る立法だった。幾度か更新の手続きが取られてきたものを、ダントンは九月二十五日の国民公会に持ち出して、改めて確認させた。

「そもそもがミラボーの野心を許すなってことで定めた法律だ。議員が閣僚を兼ねるんじゃ権力を持ちすぎるって、それこそ独裁を危惧《きぐ》した法律だ。独裁、独裁って、最近なんだか喧《やかま》しくなっているようだから、ここは基本に立ち返ろうや。欲張りさんに、ひとつ了見を聞いてみようや」

ダントンはジロンド派の論を逆手に取ってみせた。ロベスピエールを捕まえて、さかんに攻撃を加えていた言葉を取り上げて、独裁者は全体どちらのほうなのかと、見事に切り返したのである。

——またロランも内務大臣のままで議員に当選している。

夫は国民公会が開幕しても、まだ兼職を続けていた。独裁の意図はないと弁明するのは簡単だったが、けじめをつけたダントンと比べれば、確かに格好が悪かった。

やはり辞めるしかないとなれば、あきらめるべきは内務大臣のほうでもあった。ダントンは、こうも茶化してみせたからだ。ひひ、はは、そりゃあ、この俺だって辞めたくはなかったさ。

「日当十八リーヴル、議員なんてのは薄給だからな。大臣の俸給となると、その数倍にはなるわけだからな」

居座るロランは金めあての卑《いや》しい男ということになる。独裁を意図するものではないと弁明するほどに、他に理由もなくなってしまう。

それでよいのか。いや、よいわけがない。

「ええ、あなた、よろしいわけがありませんわ」

九月二十七日、ロランは内務大臣を辞する意を表明した。ジャン・ニコラ・パーシュという親しい男を据えることで、後任も手配した。

が、ジロンド派は仲間として、その人事を実現してやろうとするではなかった。内務大臣ロランの辞職は「公共の損失」だとして、留任勧告のほうを議会に可決させんとした。

——となれば、揉《も》めないはずがない。

ジャコバン派が認めるはずがない。なかんずく、ダントンが黙っていない。

ジロンド派が奮起するほど、ますます激烈を極めながら、その猛攻にはどこまで容赦なくなるのか、ちょっと読めない風さえあった。なにせダントンときたら、かつての同僚の内輪話まで、躊躇《ちゅうちょ》なくばらしたのだ。

「ああ、ロンウィが陥落した後の話さ。プロイセン軍がパリに乗りこんでくるかもしれないからって、ロラン氏は政府を地方に移そうとしたんだぜ。ああ、パリなんか捨てちまおうってんだから、とんだ内務大臣がいたもんだぜ」

この暴露に騒然となったのは、いうまでもなく傍聴席である。

意気消沈していたパリの人々が、新たに激怒するべき理由を与えられた。

もはや九月虐殺も反省しない。やはり身を守らなければならなかった。やはり敵は内にいたんじゃないか。宣誓拒否僧だの、貴族たちだのに留《とど》まらず、ジロンド派まで敵だったんじゃないかと、議会に有形無形の圧力を加えながら、たちまち元の勢いを取り返した。

ロランの辞任問題は紛糾《ふんきゅう》するばかりだった。だから、許せない。ダントンの奴《やつ》、卑劣にもほどがある。

九月二十八日、その夜も内務大臣官邸に、罵《ののし》りの声が響いていた。ああ、手段を選ばないにも、限度というものがある。

「あの男は恥という言葉さえ知らないのか。紳士たることの最低限の常識もないというのか」

それは、いくらか甲高い声だった。ロラン夫人は受けた。

「落ち着いてください、ビュゾさん」

大臣官邸に住み続けていることに矛盾はあれ、そこにジロンド派の議員が寄るのは不思議でなかった。すでに党派全体の問題であれば、内務大臣の苦境を憂《うれ》いても、政敵の仮借なさに憤慨しても、それまた不可解というべきではない。

とはいえ、大荒れの議会が引け、押しつけられた不愉快をぶちまけるような会合は、とうに御開《おひら》きになっていた。なおビュゾひとりが残り、あかりが灯《とも》る蠟燭《ろうそく》の数も減ったサロンで女主人《オテス》と向き合っているとするならば、それだけは少し普通でないといわなければならない。

例もないと、そういうわけではなかった。こういう場面が最近とみに増えていればこそ、普通でないかなとの自覚も生まれたのである。

ロラン夫人は続けなければならなかった。ええ、ビュゾさん、そんなに熱くならないでくださいませ。

「夫のことを弁護してくださるのは嬉《うれ》しいけれど、ビュゾさんが無茶をすることはありませんわ」

「そんな言い方はやめてください」

悲鳴のように叫びながら、ビュゾはまっすぐ目を向けてきた。瞳《ひとみ》のなかには、紛れもない炎があった。怒っている。その怒りはロラン夫人にとって、なにより恐ろしいものだった。だからこそ、ばっと背中を向けられれば、それを追いかけてしまう。

「ひどいじゃないですか、マダム」

今度のビュゾは、まるで拗《す》ねた子供だった。ああ、年下の男なのだと思うほどに、傷つけるわけにはいかない、自分が守らなければならないと、ある種の使命感の昂《たかぶ》りに、ロラン夫人は涙さえ溢《あふ》れんばかりの気持ちになる。

が、そこで責める言葉を続けられてしまった。

「だって、御主人のことじゃないんです。私がダントンを許せないというのは、ロラン氏の辞任問題で、あなたのことを話に出したからなんです」

事実ではあった。二十七日の議会において、ダントンは野卑なサン・キュロットよろしく、尋常な議員ならまずは取り上げないであろう話を取り上げた。

「おお、遠慮なんかしねえぜ。おまえらがロラン氏に留任を勧告したいってんなら、同じようにロラン夫人にもしたがいいぜ。だって、内務省の主人はひとりじゃないってことくらい、知らぬ者もないほどじゃねえか。はん、それを思えば、留任勧告なんて笑っちまうぜ。フランス国民が必要としているのは、女房に操縦されないでも、ひとりできちんと働ける大臣のほうじゃないかねえ」

女房の尻に敷かれる駄目亭主と、それはロランを辱《はずかし》めただけではなかった。思いあがった出しゃばり女と、また自分も嘲《あざけ》られているのだと、それまたロラン夫人の耳には聞き違えようがなかった。

ただ思い出しているだけでも、カッと身体《からだ》が熱くなる。怒り、悔しさ、屈辱。それでも後頭部がクラと揺れる感覚にまで襲われるのは、このときが初めてだった。目の前にいるのはダントンなどではないからだ。

細面の相貌《そうぼう》も青白い、フランソワ・ニコラ・レオナール・ビュゾこそ間近にいて、その嘘《うそ》のない真心から言葉を発してくれていた。だって、御主人のことじゃないんですと。あなたのことなんですと。

13——告白

ビュゾは張り詰めた表情だった。それは終《つい》の告白で間違いないようだった。

ロラン夫人は驚きはしなかった。想《おも》いを受け入れるか受け入れないかは別として、自分に告白するかもしれない男の存在に、気がつかない女はいない。こちらも憎からず思っていれば、なおのことである。

うまくあしらうこともできる。断りながら怒らせず、あるいは希望を与えながら図に乗らせず、こちらの女が落ち着いてさえいれば、男など如何様《いかよう》にも扱える。

――しかし……。

拗《す》ねた気配も、憤慨の見苦しさも、告白するための緊張も消し去ると、ビュゾはむしろ清々《すがすが》しい表情で先を続けた。ええ、ロラン夫人、ひとつだけ、いわせてください。

「あなたを傷つける何者をも、私は決して許しません」

「ビュゾさん……」

心臓が縮む感触があった。きゅううと音になった気さえした。もしや聞かれたろうかと恐れる前に、マノン・ロランは自覚しないでいられなかった。

耳たぶの先が熱い。いや、こんなところまで熱くなっているのだから、火が出るくらいの赤面だって、とうに隠せなくなっている。

——三十年増《どしま》が、なんなの。

そうやって自分を窘《たしな》めるほど、羞恥《しゅうち》の念は激しく暴れるばかりだった。そういう話なのだと、認めたも同然だからだ。認めるとか、認めないとか、そんなことに躊躇《ためら》いを感じること自体が、すでにして滑稽《こっけい》で恥ずかしいことなのだ。

——初恋なの？

と、ロラン夫人は自分に問うた。

結婚している。夫がいる。娘までいる。が、それは全く別な話だった。

透徹した理屈で世のなかを切ってきた。常に最善を選択して、今日の幸せを手に入れた。それでも戸惑わなければならないのは多分、これが割り切れない感情の話だからなのだ。

今の今まで覚えがないというならば、やはり初恋なのだと認めざるをえないだろう。そう心に呟《つぶや》いた自分のなかの愚かな女が、なにかを察知したようだった。

ロラン夫人は思う。危ない。そう自らに警告を発しているのに、身体《からだ》は少しも動かなかった。いや、むしろ動きたくない。この場からほんの少しだって動きたくない。

――むしろ自分から飛びこんで……。

気がつけば、大きな腕のなかにいた。

頰《ほお》を撫《な》でる滑らかな絹地の感触も、女物の柔らかさではなかった。このひとは男だ。しっかりとした手応《てごた》えで、丸ごと包みこんでくれる。ああ、男のひとの腕のなかとは、なんて安らかな場所なんだろうと思うその胸が、今にも破裂せんばかりになっていた。

しかし、だ。総身を沸騰《ふっとう》させた、その血が一気に冷めた。

「………」

感じたのは、ある種の殺気だったかもしれない。ハッとして振り返ると、広間の戸口に細長い影が立っていた。ものいわぬ影であればこそ、そのときばかりは雄弁だった。ロランだった。ロラン夫人は動いた。あなた、これは……。

「弁明させてください」

ビュゾが先に前に出た。肩幅の広い背中がみえて、守られていることがわかった。ええ、ロランさん、悪いのは私です。

「いや、自分の心の美しさを疑わないゆえは、悪いとはいいたくない。けれど、あなたに対しては、申し訳ない話になるでしょう。ええ、ロラン夫人を愛しています」

嬉《うれ》しい。マノン・ロランは涙が出そうになった。こうなれば、ビュゾさんに全て任せておけばいい。ロランは怒り出すかもしれないが、それでも自分は困ったような顔をして、黙っていさえすればいい。

とっさに知恵を授けたのは、女としての直感であり、本能であったかもしれない。それをロラン夫人は見苦しいと感じた。ずるくて、卑怯《ひきょう》で、横着で、欲張りで、しかも女の特権として、全部が罷《まか》り通ると信じて疑わないくらいに傲慢《ごうまん》で。

あるいは昨日までの自分も、同じように醜い顔をしていたのかもしれなかった。が、もうそれは嫌だった。だから、今日はなにかいわなければ。

刹那《せつな》に、ロラン夫人は口を開いていた。

「私もビュゾさんのことを愛しております」

びっくりした顔がみえた。ロランのみならず、ビュゾまでが驚きを隠せない顔だった。けれど、もう後戻りはできない。

そのときロラン夫人は自分の頬の湿りに気づいた。もう涙は溢《あふ》れている。歓喜の心根は外に表れている。それを打ち消し、無理に弁明しようとすれば、その美しさに自ら泥を塗ることになる。

――ああ、この感情は美しいのだ。

ビュゾさんを愛している。本当に愛している。だから私は詰まらない嘘《うそ》などついて、自分を貶《おとし》めたくはないと思っているのだ。新たな自分を発見するほど、ロラン夫人は声に出して繰り返さずにはいられなかった。ええ、愛しております。

「ビュゾさんのことを心から愛しております」

溜《た》め息が聞こえた。そこにいたのは、打ちのめされたロランだった。

「とても残念だよ、おまえ。それでも……、なんというか……」

「けれど、あなたのことは尊敬しております」

遮《さえぎ》りながら、ロラン夫人はそうも告げた。とっさの言葉だったが、それまた嘘ではなかった。ロランのことは尊敬している。夫として、価値ある人生を与えてくれて、その意味では感謝もしている。

なにより、ロラン夫人である自分のことは、今も嫌いではなかった。今の暮らしや、今の境涯、あるいは今まで築いた財産だの、約束されてきた地位だのにしがみつきたいというよりも、ロラン夫人でなくなることが怖かった。

「尊敬しているというのは……」

ロランが何かいいかけた。が、先までいわれたくはない気がした。

「決して口から出まかせではありません」

「しかし、それだからとて、ビュゾ君との関係が許されるだなんて……」

ひっかかる言葉があった。関係などといわれては、それまた侮辱された気がした。かかる関係だけで語られる女、そういう存在だけにはなりたくないと、それはロラン夫人にとって神聖な誓いでさえあった。ええ、そんな女になど落ちてたまるものですか。

なんとなれば、それでは街灯の下の女たちと変わらなかった。それではオランプ・ドゥ・グージュだの、テロワーニュ・ドゥ・メリクールだの、決して報われることのない女革命家、あの道化じみた女たちとも同類になる。どれだけ賢く、どれだけ教養を蓄え、どれだけ啓蒙《けいもう》されたとしても、そういう関係で語られては、もう女は終《しま》いなのだ。

もとより感情に溺《おぼ》れるまま、自ら身を持ち崩していくような、昔ながらの馬鹿な女になろうとは思わなかった。

「身体の関係ではございません」

我ながらの金切り声だった。それでもロラン夫人は繰り返さないでいられなかった。身体の関係ではございません。そんな嫌らしい話ではないのです。

「ビュゾさんのことを愛しているというのは、あくまで精神的な営みとしてなのです」

返事は容易に戻らなかった。二人の男は二人とも、魂を抜かれたような顔をしていた。それが歯がゆくさえ感じられて、ロラン夫人は先んじて確かめた。

「あなたと、私と、ビュゾさんと、三人の関係を精神的な営みとして、それぞれ尊厳ある人間と人間が、互いに尊重しあう関係として、続けることはできなくて……」

間違ったことはいっていない。間違ったことはいっていない。そう心に繰り返しながら、殴られるかなとはロラン夫人も思った。

殴られないまでも、拒絶されて不思議はなかった。そのとき、自分はどうするのだろうか。これまでの自分を守るため、いよいよロランに縋《すが》るのか。愚かしいとは思いながら、新たに生まれた感情のまま、ビュゾの元に走るのか。

答えが出る前に、ロランが口を開いた。

「ビュゾ君、きみは」

「私は……。ええ、もちろん私は心から……。ですから、精神的な営みとして、ええ、ええ、これからもマダムと親しくさせていただけるのなら、それこそ身に余る光栄と」

「そうか」

むうと息を吐いてから、ロランは続けた。それなら、私も構わない。ああ、マノン、これからも私の妻でいてくれるなら、ビュゾ君を、なんというか、もうひとりの精神的な伴侶《はんりょ》としても構わないよ。

ロラン夫人は口を開こうとした。ありがとう、あなた、といおうとしたのだが、それをロランは手を差し出して止めた。ああ、それから、もうひとつ。

「なんです、あなた」

そう確かめているうちに、また涙が溢れたことに気づいた。だからこそ、ロラン夫人は笑顔を作らなければならないと思った。励まされたか、刃物で削《そ》ぎ落としたような痩《や》せた頬を歪《ゆが》めながら、またロランも微笑を浮かべたようだった。

「いや、大した話じゃないんだが、例の辞任問題のことだよ」

「はい」

「ようやく心が決まったよ。内務大臣に留《とど》まることにしようと思う。やはり議員のほうを辞職することにする」

「ジロンド派の求めに応じられるわけですね」

「それに、議員としてビュゾ君と同じ立場にあるのでは、おまえも、なにかとやりにくいんじゃないかね」

「…………」

「それに内務大臣で居続ければ、この官邸でサロンを開き続けることもできる。ビュゾ君だって、堂々と通ってこられるわけだからね」

「けれど、それではジャコバン派の風当たりは強くなります」

「ああ、だから、おまえ、なにか考えはないかね」

「あります」

そう即答できる賢さが、ロラン夫人の自慢だった。が、実のところは弱みなのかもしれないとも、チラと考えないではなかった。

それでも後戻りはできない。ロランばかりか、これからはビュゾも支えていかなければならない。そうすることで、ジロンド派のフランスを実現して、そのとき私は……。

14――使途不明金

「国民衛兵隊司令官サンテール氏に、諸街区《セクシオン》で製造された短槍《たんそう》の代金として三万リーヴル。

オルレアンに派遣した使節に、五千五百十リーヴル。

エーヌ県の裁判所に派遣した使節に、千二百リーヴル。

オルレアンに派遣した速達郵便夫に、六百リーヴル。

法務省事務職員に、給料八月分倍額として四千六百七十五リーヴル。

法務省事務職員に、四半期分の特別賞与として一万六千五百九十リーヴル。

特別秘書室長ロベール氏事務室用家具代金として、内装業者に二千四百リーヴル。

連絡局室長ル・ルー氏が証書局に占めた事務室の消耗品代金として、五十リーヴル。

退職職員の臨時雇い日当として、四十リーヴル。

退職職員の臨時雇い、未払い日当として、百二十五リーヴル。

臨時印刷の未払い代金として、二百リーヴル」

いちいち細かい数字を挙げて、しかも声が小さかった。歯切れも悪く、あげくが媚《こ》びるような笑みまで浮かべられているので、いやがうえにも誤魔化《ごまか》し加減にみえてしまう。

「豪放磊落《ごうほうらいらく》で鳴らした男が……」

デムーランは呟《つぶや》きにも先を続ける気にならなかった。

十月十八日、その日のダントンは悲しいくらいに、らしくなかった。普段は向き合う者に戦慄《せんりつ》さえ強《し》いる巨体が、国民公会《コンヴァンシオン》の演壇に上がるほど小さく感じられた。

恐らくは普通に立っているはずなのだが、肩を窄《すぼ》め、肘《ひじ》を絞り、背中を丸め、わざと縮こまるかのようにもみえた。あげくが手元の書類を覗《のぞ》きこんで、ぼそぼそ細かい数字を読み上げ続けるのだ。

そのこと自体はダントンのせいではなかった。なにも望んだわけでなく、数字の読み上げは議会に命じられたものだった。が、応じるに際しては、これほど情けない姿になるとは思わなかった。デムーランは唇を噛《か》むしかなかった。

――信じられない、とはいわない。

突かれたのは、まさしくダントンの弱みだった。揉《も》めに揉めたロランの辞任問題の報復として、ジロンド派は残酷に狙《ねら》い澄《す》ましてきた。

結局のところ、ロランは閣僚であることを選んだ。国民公会の議員を辞職し、内務大臣として留任したのだ。

やっぱり俸給めあてかと揶揄《やゆ》されるや、ジロンド派は返す刀で質《ただ》してきた。ダントン君、金めあては君の話ではないのかと。違うというなら、きちんと会計報告を果したまえと。

「辞任した大臣は在職中の会計報告を、なるたけ早く議会に提出しなければならない」

法の定めではあった。が、ほとんど形骸化《けいがいか》していた。実際のところ、臨時執行評議会の閣僚たちは、辞めても会計報告など果たしていなかった。

ダントンだけが怠慢だったわけではない。が、他は求められれば、すぐさま応じることができた。このなんでもない手続きが、前《さき》の法務大臣には難しかろうと踏んだからこそ、ジロンド派はあえて持ち出し、ジャコバン派崩しの突破口と目したのだ。

それはダントンならぬロベスピエール、ジャコバンではないとしても、マラやクートンであったならば、まずは探せないであろう粗《あら》だった。

――ダントンは金にだらしがないんだ。

十月六日、ダントンは議会の特別委員会に、全ての通常支出と特別支出について、証明書類一式を合わせた会計報告を提出した。

監査したのがカンボンとマラルメで、その結果が十日の議会に報告された。

「前の法務大臣が取られた手法は、会計原則の破壊に他なりません。通常、大臣の支出は財務省の支払い命令に基づいて行われるものだからです。ダントン氏の報告のように、金庫のなかに現金が残っているなど、ありえない話なのです」

事実として、ダントンが提出した書類には残金があった。最初に四十万リーヴルもの資金が金庫にあり、そこから諸項目の金額を引いていくという書式だった。しかも、その計算が合わない。

「大臣たるもの、ダントン氏が報告したような特別支出だけでなく、ダントン氏が報告しないで済ましている秘密支出までも、きちんと報告しなければならないでしょう」

秘密支出があったことには触れながら、その内訳については一切の記載がなく、決算書ひとつ添付されなかったことも事実である。

もちろん、ダントンは抗弁した。

「法務大臣が特別支出として二十万リーヴル、秘密支出として二十万リーヴルと、そんな大層な額を前もって与えられ、そいつを自由に使っていたなんてと、もしか驚いちまったかもしれねえが、ひとつ思い起こしてくれ。あのとき、祖国は危機にあったんだ。俺たちには自由を守る責任があった。支払い命令なんか待っている暇はなかったし、いちいち領収書なんかもらってもいられなかった。いうまでもねえが、出鱈目《でたらめ》に使ったわけじゃねえ。会計報告には書かなかったが、俺が秘密支出をやるときは、きちんと閣議にかけてたぜ」

そう申し開いて、ダントンが演壇を降りたとき、迎えたのは冷ややかな沈黙ばかりだった。その日の国民公会は正式な投票にかけることまでして、秘密支出二十万リーヴルの使途に関する弁明を、前の法務大臣に勧告した。

――絶体絶命の危機だ。

ダントンは水面下での手打ちを画策したようだった。

十月十二日、ヴァルミィの英雄デュムーリエが、パリに一時帰還を果たした。やんやの喝采《かっさい》に囲まれた凱旋《がいせん》将軍と接触して、ダントンはジロンド派との仲裁を依頼したようだった。

――ところが、ロランの復讐心《ふくしゅうしん》は並大抵のものではない。

弁明勧告は取り下げられず、今日十八日の議会となった。審議の冒頭、ほとんど完璧《かんぺき》といえる会計報告をなしたのは、閣僚を辞めたわけではない内務大臣、ロラン・ドゥ・ラ・プラティエール本人だった。

「いや、自分の所管が公表されることを望んだだけです。どうぞ議会は私の報告書を自由にお読みください」

「ときに内務大臣閣下、あなたはダントン氏のいう秘密支出について知っていましたか」

「いいえ、まるで。臨時執行評議会に帳簿があるかと一応は探してみましたが、私には発見できませんでしたな」

こうした嫌みな段取りを踏んでから、ジロンド派は前の法務大臣ジョルジュ・ジャック・ダントンに、再度の弁明を勧告したのである。

「で、ここまでは探しましたが、やっぱりわからない支出はあって、まあ、領収書もないということで……」

そうやって、ダントンは終わろうとした。降壇しかけたところを襲うのは、ここぞと投げつけられる野次だった。

「だから、ロラン氏のように、正しく報告しろという」

「知りたいのは秘密支出なんだ。おまえは特別支出について、誤魔化しを繰り返しただけじゃないか」

「海軍大臣モンジュも秘密支出なんかなかったと明言したぞ」

「本当に支出したのか。支払い命令も、領収書も、はじめからないんじゃないか。そのはずで、こっそり懐に入れてしまうことを、仲間内で秘密支出と呼んだだけ……」

野次が止《や》んだ。というより、野次ごと空気が切り落とされた。

 刹那には大袈裟でなく、議場が揺れたような気がした。万歳の高さまで両腕を持ち上げてから、がんと両の拳《こぶし》を叩《たた》きつけ、ダントンはそれまで構えていた演壇を、木端微塵《こっぱみじん》に破壊して捨てたのだ。ああ、うるせえ、うるせえ。てめえら、うるせえってんだよ。

「いいか、よく聞け。これは敵の軍隊がヴェルダンを占領したときの話だ。最高に善良で、最高に勇敢な市民の間にまで、動揺がひろまったときの話なんだ。立法議会は俺たち閣僚にいったもんさ。『政府の信用を回復しなければならない。フランス全体に刺激を与えなければならない。そのために必要ならば、金を倹約するな。どんどん使え』とな。それを俺たちは実行した。特別支出もやれば、秘密支出も迷わなかった。わかると思うが、この手の支出の大部分には、領収書なんかねえ。全て急を要することだったし、実際てんやわんやのうちにやられたんだ。この内幕を語る以上の弁明などあるわけがねえ。だから、これが俺の会計報告だ」

15――つまずき

ダントンは単に法務大臣だったというより、当座の首相であり、事実上の国防委員長だった。

特別支出も認められれば、秘密支出にあてられるべき金子《きんす》も、どんと前渡しされた。それを拒み、非難できる閣僚、官僚、議員は皆無といってよかったし、またダントンが動かなかったら、今頃フランスは外国人に蹂躙《じゅうりん》されていたかもしれない。

実際、ダントンは前線とつながっていた。こたびジロンド派との仲裁をデュムーリエに頼んだが、この山師と誼《よしみ》を通じていたというのは、ともに秘密裡《ひみつり》の外交交渉を進めた経緯があるからなのだ。

――つまりはプロイセンを撤退させた。

土台がフランスに干渉するより、ポーランドをがっちり手にしたがっていた。プロイセンを買収することは、さほど難しい話ではなかった。

実際、この北方の雄がコブレンツ方面に退《ひ》いてくれたおかげで、フランス軍はベルギー方面に兵力を集中させ、オーストリア軍だけと戦えばよくなった。国民を狂喜させるデュムーリエ将軍の快進撃には、それなりの裏があったのだ。

――これが戦争であり、外交というものだ。

プロイセンと通じる以前に、ダントンはイギリスの中立を勝ちとることにも腐心した。その仕事にも同じく大枚を使わなければならなかった。が、それもこれも含めて、この種の「秘密支出」に領収書などあるわけがないのだ。

――だから、国内政治でつまずいた。

ダントン糾弾《きゅうだん》の嵐は止《や》まなかった。

ジロンド派のカミュは、「国家の金を浪費した大臣を告発する命令」を発動することを、国民公会《コンヴァンシオン》に発議した。同じくラ・リヴィエールは「秘密支出に関して、随意に使われた金額を報告させせないほどの重大な閣議」が行われた証明を、二十四時間以内に行うようにと勧告した。

もちろん、ダントンも受けて立ち、再度の弁明を試みたが、そのたびジロンド派が騒ぎ立てて妨害した。そのジロンド派を逆にやっつけようという動きも、残念ながらみられなかった。

議席も、傍聴席も、静かなままだった。声ひとつ上げないことで、八月十日の英雄のひとりが、もはや人気と信用を完全に失ってしまったことを、それとなく仄《ほの》めかしただけだった。

――気の毒な部分はある。

がっくりと頭《こうべ》を垂れて、さすがのダントンも元気がなかった。親友の疲れた様子をみれば、デムーランとて同情に駆られないではなかった。ああ、この男は確かに祖国防衛の功労者なのだ。困難な時期にフランスの舵取《かじと》りに乗り出して、他の誰にも真似《まね》できないような冴《さ》えを示した。その功績が認められないというのだ。

「だから、いわんこっちゃない」

と、デムーランは声に出した。それは久方ぶりのカフェ・プロコープだった。

相変わらず賑《にぎ》やか、というより騒々しい場所だった。その日も馴染《なじみ》の顔は多かったが、新顔も増えたように感じられた。

ああでもない、こうでもないと議論したり。あげくに酒が入りすぎて、泣いたり喚《わめ》いたりになったり。熱っぽくも愉快な雰囲気そのものは、今も寸分変わらなかった。

――ここに集まり……。

気がおけない仲間と、わいわい騒いでいる分にはよかった。金などなかったし、あっても高《たか》が知れていた。仮に不正な金であっても、取り沙汰《とざた》して咎《とが》める者などいなかった。が、今や皆が政界で、それなりの地位を築いているのだ。

「ああ、ダントン、いくらかは身を慎まなくちゃあ」

功績を認められないどころか、公金横領の疑いまでかけられてしまうのは、普段から派手に使うからだった。

飲食から、身支度から、果ては数多《あまた》の愛人の手当まで、日々を豪勢にすごしているだけではない。オーブ県で国有地を買い占め、パリとその郊外の全部で三カ所にも邸宅を構えと、最近のダントンは不動産投資にも手を出すようになっていた。

議員報酬はおろか、大臣報酬を注《つ》ぎこんでも、これだけ賄えるものではない。どこから、どうやって持ってきた金なのだろうと、平素疑いの目でみられていたからこそ、いざ公金横領の疑いをかけられれば、即座に黒いとみなされてしまうのだ。

あげくが国家防衛というような多大な功績まで、あっさり忘れ去られてしまう。

「というが、そうそう貧乏たらしくもしていられないって、そこんところは、なあ、カミーユ、おまえだってわかってくれるだろう」

そう切り返されれば、デムーランは言葉もなかった。

いざ自分が議員になって、否応《いやおう》なく気づかされた。政治は綺麗事《きれいごと》ではない。つきあいが急に増える。天井知らずに金がかかる。ところが、その金をかけなければ、支持者が増えていかないのだ。

逆に支持者さえ多くいれば、寸志だの、寄付だの、賄賂《わいろ》とは呼びたくない気持ちはありながら、とにかく請求書も領収書も発生しない金額が贈られて、物入りにも悲鳴を上げないで済むようになる。

「それにしたって、ダントン、もう少し、さあ」

「今さらいわれたってなあ」

「…………」

デムーランは再び口を噤《つぐ》むしかなかった。ダントンの口調には、微《かす》かながら非難の色が感じられたからだ。

親友の窮地を横目に、確かになにもしてこなかった。そのくせ、不愉快な結果になった今になって、賢《さか》しい忠告をしようというのだ。なるほど、素直に聞けるわけがない。ああ、僕がダントンでも、そんなカミーユ・デムーランは友達甲斐《がい》がないと思う。

「けれど、忙しかったんだ」

金をかけ、交際を広げなければ、政治活動はできない。開眼したデムーランは、妻のリュシルの協力を得ながら、自宅にサロンを開くようになっていた。となれば、身なりを整え、家具調度を新調し、そのための金策にも奔走すれば、夜会のもてなしにも意を砕かなければならなくなる。それこそ、政治活動もままならないくらいの忙しさだったのだ。

――これじゃあ、いけない。

デムーランも悩まないではなかった。これでは議員になった意味がないとさえ思うものの、最初は仕方ないとの割り切りもないではなかった。

マラはいい。あの通りの変わり者で通すなら、支持者も必要でなければ、金もいらないだろう。

ロベスピエールはいい。モーリス・デュプレイが後見然と構えているし、他にもクートンから、ルバから、沢山の革命家を集めて、その屋敷そのものが一種のサロンと化している。

——僕やダントンじゃあ、そうは行かない。

パリに足場もない地方出身者が、一人前の活動をしたいと思えば、それなりの下準備は欠かせない。ただジャコバン・クラブに集まって、それで事足りるわけではない。

ましてやコルドリエ街の愉快な連中に囲まれて、満ち足りている場合じゃない。仲間であり、そのまま自分のサロンに集まる常連になってくれたとしても、支持者にはなってくれない。

「そうか、忙しかったか。ああ、カミーユ、そりゃそうだな」

理屈を認めて、ダントンは引きとった。が、こちらのデムーランとしては、ますます気持ちが収まらなかった。やはり、なにかするべきだった。救いの手を差し伸べるべきだった。が、それでも僕に全体なにができたというんだ。

ジロンド派の罠《わな》は巧妙だった。嵌《は》められたが最後で、もう助けようなどなかった。

現にデムーランも煮え湯を飲まされている。元の秘書で、新聞を出していた頃は記者もやらせた、ロック・マルカンディエという男がいた。これが買収されて、今や内務大臣ロランの子飼いになっていたのだ。こちらの内情を暴露して、ダントンを嵌める罠の準備に、少なからず貢献したようなのだ。

――ならば、せめて嵌められる前に……。

という後悔も、デムーランにはあった。

ダントンの放埒《ほうらつ》は今に始まる話でなかった。なぜだか金に困らない。その理由については、デムーランとて薄々は感づいていた。ならば、最近忙しかったでは済まないのだ。もとより、ダントンが責められたのは法務大臣時代の不正支出である。

法務大臣時代といえば、デムーランは側近の書記官長を務めていた。片腕を任じていたにもかかわらず、なにもせず、なにも咎めず、ひとつとして正したこともなければ、あらかじめの予防策も講じなかった。

――しかし、金のことは僕の受け持ちじゃなかった。

言い訳でなく、デムーランが担当したのは印璽《いんじ》の管理、つまりは文書の管理だった。会計を担当したのは、もうひとりの書記官長のほうだ。

「ファーブル・デグランティーヌ、君のせいでもあるんだぞ」

デムーランは発作に駆られて声をかけた。カフェ・プロコープで同席していた三人目は、とうに泥酔してしまい、卓に伏しての高鼾《たかいびき》になっていた。その呑気《のんき》な様子が腹立たしくて、腹立たしくて、どうにも仕方なくなってしまったのだ。

ファーブル・デグランティーヌは元が自称詩人または劇作家の、破産した与太者である。これがコルドリエ街の仲間として、一躍法務省の書記官長に抜擢《ばってき》されていた。まあ、ひとのことはいえないが、デムーランが業腹《ごうはら》だというのは、会計担当でありながら杜撰《ずさん》な仕事に終始して、あげくダントンに迷惑をかけたからだけではなかった。

——ファーブル・デグランティーヌからして、一財産つくった。

破産作家は法務省の書記官長に満足せず、軍隊の御用商人まで拝命していた。戦場に届ける補給品を調達する仕事なわけで、ダントンが前線と密に連絡していたがゆえの抜擢だった。

が、それも軍隊には予定の量が届いていない、ファーブル・デグランティーヌが前渡し金の一部を懐に入れたに違いない、でなければ急に羽振りがよくなるはずがないと、陸軍省に告発されてしまう始末なのだ。

「つまりは、これが法務省のやり方というわけですな」

ダントンを含めた全体が疑われるのは、もう事の勢いである。ジロンド派が取り沙汰するに先がけて、もう世人に白眼視されていたのである。

酔いどれ詩人を地で行くファーブル・デグランティーヌは、それでも目を覚まさなかった。止む様子もない鼾に重ねて、ダントンが話をまとめた。

「とにかく、やられた」

「けど、ダントン、まだ告発されたわけじゃない」

「ああ、告発まではされないだろう」

「えっ」

「これだけの醜聞になったんだ。ダントンさまの人気はガタ落ちだ。政治生命なんか風前の灯《ともしび》で、もう十分ということさ」

「か、かもしれないが、それでもジロンド派が手控える理由はないのじゃないか」

「あるさ。なにせ元の法務大臣だからな。臨時執行評議会の一員だったわけだからな。ジロンド派の内情を覗《のぞ》いてこなかったわけじゃない。奴《やつ》らにとって愉快ならざる爆弾だって、ひとつやふたつは拾ってきている」

「それを投げられたくはないから、とことんまではやっつけないというわけかい」

ダントンは頷《うなず》いた。が、デムーランとしては無性に腹が立った。だとしても、そんな風に命を永らえて、なにか意味があるのかい。

「恐れられているんだろ。ねえ、ダントン、連中に恐れられているんなら、いっそ徹底的にやったらどうなんだい。知っている秘密を洗いざらい暴露して、仮に告発されたなら、連中も地獄の道連れにしてやったらどうなんだい」

「そいつは、やめとく」

「どうして」

「ジロンド派には、まだ使い道があるからな」

「…………」

「ああいう連中も、世のなかを回すためには必要なのさ」

理屈は察せないではなかった。

ジロンド派とブルジョワ階級、それに地方勢力を右とすれば、ロベスピエールやマラに率いられるサン・キュロット階級と、それらが支配的なパリが左になる。両者の均衡を保ちながら、中央に座すダントンは扇の要《かなめ》として、全体を差配する。

かねてからの政権構想は改められるまでもない。が、現実のほうが拗《こじ》れてみると、やや複雑な思いを抱《いだ》かざるをえなかった。

「世のなかを回すというが、ダントン、これからどうするつもりなんだい」

と、デムーランは続けた。恐らく半分は虚勢ながら、ダントンは大きく欠伸《あくび》をしてみせた。どうするも、こうするもねえ。

「しばらくは大人しくしているさ。そうして、ほとぼりが冷めるのを待つさ」

「そうか。ああ、それが最も利口なのかもしれないなあ」

デムーランは嘘《うそ》をいったわけではなかった。ああ、ダントンの立場では、そうやって次の機会を窺《うかが》うのが賢明だろう。

ところが、そうした判断を歓迎できるわけでもなかった。ダントンが大人しくなったとして、ジャコバン派はどうする。ダントンが沈黙したとき、誰がジロンド派を攻める。ロベスピエールやマラは警戒されている。攻めるどころか、ダントンの次なる標的と狙われている。

——とすると、残るは……。

議員として一体なにができるだろうと、デムーランは自問した。なにもしなくてよいわけではない。もとより、つきあいを広げて、そのための金を浪費して、そうすることが目指した政治ではありえない。最後は自分に跳ねかえってくる問いだった。

16――激論虚しく

十一月十三日、その日も議会は白熱した。いつもながら二派に分かれる激論は、さかんな応酬で互いに声を嗄《か》らしてしまうくらいだった。とはいえ、議論が熾烈《しれつ》であればあるほど、どこか芝居じみている気もした。なるほど、フランスの未来であるとか、苦労の末に営まれている庶民の日々の暮らしであるとか、こうしている間にも死んでいく前線の兵士の運命であるとか、そうした現実の動きには関係しない、ただの絵空事なのだ。

実際のところ、国民公会《コンヴァンシオン》に建設的な議論はなかった。当然ながら、ロベスピエールは不満だった。

あれもやりたい、これもやりたいと、構想なら頭のなか一杯になっていた。新しい議会が召集されるや具体的な政策として、すぐに実現されるような気もしていた。自分と考え方を同じくしない議員など、そもそも選ばれないはずだった。ところが、なのだ。

国民公会は期待と違った。今なお敵の姿があり、これがことごとくに邪魔をした。

——つまるところ、政争ばかりだ。

主導権を握るジロンド派は、ジャコバン派、あるいは区別していうところの山岳《モンターニュ》派を追い落とすことしか、頭にない様子だった。

——元は志を同じくしていたはずではないか。

そう思えば、ロベスピエールは無性に悔しくもあった。

フイヤン派の猛威に曝《さら》され、ともに苦境を堪え忍んだ覚えがある。主戦、反戦で意見を違《たが》え、論争の火を燃え立たせた記憶も風化したわけではないが、それでも内政の志向としては、能動《アクティフ》市民と受動《パッシフ》市民の区別廃止およびマルク銀貨法の撤廃、つまりは普通選挙の実現を目指しながら、変わらず左派革新の立場だったはずなのだ。

その普通選挙が行われた。国民挙げての努力で、容易ならざる試練を乗り越えつつある今にして、強《し》いて反戦を唱えるつもりもなくなっている。にもかかわらず、どうして、こんな風に厳しく争わなければならないのだ。

——ジロンド派は右傾化したということか。

わからない。右側の議席を占めて、相対的な立場が保守化したことは否めないが、それでも根本の考えは同じなはずだ。最近のジロンド派はフイヤン派の残党まで取りこんでいると噂《うわさ》があるが、ロベスピエールにすれば信じられない、いや、信じたくない気分なのだ。

いずれにせよ、驚くばかりに活発なジロンド派は、今やこれと狙《ねら》いを定めて、ひとつひとつ潰《つぶ》していくかのようだった。

九月虐殺を非難する声があるうちにと、九月二十五日に登壇したヴェルニョーは、蜂《ほう》起《き》のパリ自治委員会《コミューン》の自警組織、監視委員会の過失を追及した。

地方勢力を動員することで、相対的にパリの地位を低めようという努力も、変わらず続けられていた。十月五日、ランジュイネは九月二十四日の発議を繰り返した。県民衛兵隊構想のことだが、当の立案者であるビュゾが十月八日には、蜂起のパリ自治委員会には騒擾《そうじよう》を煽《あお》る嫌いが否めないと非難、あらためて軍事委員会の名前で県民衛兵、あるいは地方連盟兵の召集を求めた。

傲慢《ごうまん》なジロンド派は、もはや議会にすらかけなかった。

十月十二日、ビュゾは数県で地方連盟兵が募集されたと報告した。可決されていない法律が、既成事実として施行され始めていると告げたわけだが、その言葉を疑う間もない十九日には、もうブーシュ・デュ・ローヌ県の連盟兵がパリに到着していた。

ジロンド派の有力者シャルル・バルバルーの選挙区だが、負けじとビュゾのウール県も兵団を上京させれば、他にもソーヌ・エ・ロワール、カルヴァドス、エロー、マンシュ、ヨンヌと追随する県があった。

すぐにも議会の守りを固めて、万が一パリの民衆が押しかけることになろうとも、その自由な議論を守るのだとうそぶきながら、この十一月半ばまでに一万五千とも二万ともいわれる軍勢が、パリに集結することになっていた。

――となれば、我々も無視できない。

十月二十九日、ロベスピエールはジャコバン・クラブで演説し、パリの人々に警戒と忍耐と冷静な対応を呼びかけた。大胆不敵なマラは自ら地方連盟兵の兵営に乗りこんで、不便はないか、不足はないかと、またも人を喰《く》うような真似《まね》をしたらしい。

蜂起の自治委員会は陸軍省の協力を得て、連盟兵のパリ退去を勧告した。ところが、精力的なビュゾも治安の維持を建前に、国民公会から「連盟軍のパリ駐屯《ちゆうとん》許可」を引き出すことに成功したのだ。

――一進一退の攻防が続いた。

また個人攻撃も止《や》まなかった。ロベスピエールにとって、十月二十九日は試練の一日でもあった。ジロンド派の新人議員で、作家上がりというルーヴェが、冗漫かつ長大な原稿を拵《こしら》えてきて、再び独裁の意図ありと告発を試みたからだ。

もちろん、ロベスピエールも負けてはいなかった。自らの弁明を渾身《こんしん》の論考に託しながら、十一月五日にはこしゃくなルーヴェを完膚《かんぷ》なきまで叩《たた》きのめしてやった。

それでも心は晴れないのだ。いっそうの虚《むな》しさに苛《さいな》まれるだけなのだ。

――そんなこんなで忙殺されて、本来の仕事ができない。

ロベスピエールは開眼していた。政争とは、政治の停滞に他ならない。激しく働いているようで、ひとつも仕事をしていない。相手を蹴落《けお》とし、あるいは自分の身を守ることに汲々《きゅうきゅう》とするあまり、祖国のこと、国民のこと、果ては法律の正義すら考えられなくなってしまう。

――現に国民公会は、国民のために今日まで何をしたという。

無だ、とロベスピエールは思う。ひとつの前進も果たしていない。過去にけじめをつけてさえいない。共和政を宣言しながら、廃位された王の処分は先送りしたままなのだ。ルイ十六世の処遇に関して、議論がないわけではなかった。が、一連の応酬とて中身は政争の延長であり、その意味で国政の停滞そのものであるといえた。

――裁判をしなければならない。

それがロベスピエールの考えだった。というか、当たり前である。恣意的《しいてき》な処断でなく、理性的かつ合法的な処分を行おうとするならば、ルイ十六世の裁判しかありえない。ジロンド派も反対するではなかった。当然の筋なのだから、反対できるわけがない。かつてのフイヤン派のように、強引な作り話で王を守るわけでもない。ところが、なのだ。

八月十日、蜂起のパリの人民は、その勝利に際してテュイルリ宮殿を略奪した。このとき、王の手紙、あるいは文書草案、各種手当の支給申請から、請願、報告、はたまた王室機密費の使途が記された帳簿にいたるまで、大量の書類が押収された。

一見したところでも、亡命した王弟たちとのやりとりあり、元近衛兵《このえへい》に対する手当継続の証拠ありと、ルイ十六世の告発材料になりそうな書類は少なくなかった。

かかる文書を管理、分析するために、国民公会は十月一日、特別委員会の設置を決めた。この人呼んで「二十四人委員会」を率いる委員長が、ジロンド派のシャルル・バルバルーだった。

全てに検印が打たれ、整理番号が記されると、書類は厚紙の箱九十五、書類箱六、書類入れ二十、帳簿三十四、書類綴《つづ》り七に上り、さらに大袋に何千枚もの紙片が詰められるほどになった。

——報告に時間がかかるのは仕方ない。

そうやって理解を示すのにも、限度があった。

十月十六日、ジャコバン派の議員ピエール・ブールボットは国民公会の演壇に立ち、そこから裁判の遅滞を嘆き、国王一家の死罪を求めた。これに応《こた》えるに、二十四人委員会の指導者バルバルーは、調査報告を急ぐわけではなかった。かわりに、かかる大裁判を行うためには諸形式の検討が必要であり、直《ただ》ちに立法委員会に委託されるべきであるとした。

続いたのが、前《さき》のパリ市第一助役で、やはり議員に転じていたマヌエルで、まずは人民が一次集会に集い、王政廃止の是非を議論するべきではないかなどと、今さらながらの発議をなした。

――なんと、悠長な……。

ロベスピエールは呆《あき》れた。政争をしかけ、あるいは個人攻撃を企《たくら》ませれば、性急なほどのジロンド派が、ルイ十六世の裁判に関するかぎり、なぜだかのんびり構えるのだ。

17――ルイは裁かれるべきか

――要するに、ジロンド派は乗り気でない。

ルイ十六世の裁判に反対するではないながら、これに正面から向き合いたがらない風は否めなかった。

やはり右傾化したからなのか。あるいはフイヤン派と合同した結果か。無論のこと、ジロンド派は避けたい理由を、率直に説明するわけでもない。

十一月六日になって、二十四人委員会はようやく調査報告をなした。

担当議員がデュフリッシュ・ヴァラゼだったが、なんとも酷《ひど》い報告だった。「ルイ・カペーの犯罪」が立証された。ヴァレンヌ逃亡のため、あるいはファヴラ侯爵の未亡人、ポリニャック伯爵夫人、コブレンツの元近衛兵《このえへい》たちに報いるため、はたまた立法議会議員を買収するため、王は無駄遣《づか》いばかりしている。小麦、珈琲《コーヒー》、砂糖、ラム酒と買い占めて、市価の吊り上げを企《たくら》んだ節もある。そんな戯言《ざれごと》ばかりを並べて、姑息《こそく》だ、卑劣だ、有罪だと大騒ぎしてみせながら、要するにルイ十六世の裁判など笑い話で終わらせるつもりのようなのだ。

ジャコバン派は黙っていない。というより、ジロンド派は自ら墓穴を掘っていた。バルバルーは当座の誤魔化《ごまか》しとはいえ、この大裁判の形式を検討するよう、立法委員会に正式な委託をなしていたのだ。

十一月七日、その立法委員会の名前で報告したのが、ジャコバン派の議員ジャン・バティスト・マイエだった。

実に簡潔な報告だった。その簡潔さにおいて、痛快でさえあった。

ルイは裁かれるべきか――然《しか》り。

九一年の憲法が無効とされたかぎり、王には一切の特権がない。わけても不可侵権は認められず、普通の市民として裁かれるべきである。

誰によって裁かれるべきか――国民公会《コンヴァンシオン》によって。

三権分立の原則は適用されない。執行権の長であった王を、立法も、司法も裁くことかなわず、ただ手を伸ばしうるのは国民のみ。立法府としての国民公会でなく、国民の代表としての国民公会ならば、最高吏員《りいん》の裁判も行うことができる。

――これで、ようやく前に進める。

このマイエ報告の審議が始まったのが、今日十一月十三日の国民公会だった。

前進したとはいえ、まだまだ空気は停滞の色が濃かった。

最初に登壇したのは、ジロンド派だった。まずは領袖《りょうしゅう》のひとりで、議長を降りたばかりのペティオンが、国王の不可侵性に関する議論が不十分だと、その影響力の割には平板にすぎる主張をなした。

次がヴァンデ県選出の新人議員モリソンで、ルイ・カペーが罪を犯した時点で憲法は王の不可侵性を定めていた、こうした案件を扱うための法律がなければ裁判はできないと主張した。

廃位を行い、そのうえで五万リーヴルの年金を与えるというのが妥当な決着ではないかと、最後は人情話めいて、実はジロンド派というより王党派なのかもしれなかった。

次のルーゼにいたっては、ルイ十六世は王領地で農奴制を廃止したとか、哲学者の大臣を任命して善政を図ったとか、全国三部会を召集した改革派の王だったとか、恩着せがましいような話ばかり連ねて、それで裁判を回避できると考えているようだった。

――馬鹿らしい。

と、ロベスピエールは思う。かたわら、ジロンド派の本音が語られたとは思わなかった。要するに、時間稼ぎだ。適当な話で演壇を埋め続けて、話を先延ばしできさえすれば、それで構わないという了見なのだ。

もちろん、ジャコバン派に容認するつもりはない。が、切り崩しも容易でなかった。

実をいえば、ロベスピエールも演説を申し込んでいた。苦心の草稿も仕上げてきた。それが事態を打開するとも思えなかったのだ。力の抜けたジロンド派も、張り切るところは張り切るのだ。

ロベスピエールやマラは無論のこと、ダントン、デムーラン、クートン、ルバと主だった面々については、あらかじめの対応を用意しているようだった。きっかけに個人攻撃に持ちこまれでもすれば、それこそジロンド派の思う壺《つぼ》である。ルイ十六世の裁判は進まない。ジャコバン派は自らの弁明に忙殺される。またしてもの政争で、やはり全てが停滞してしまう。

「だから、頼んだぞ、サン・ジュスト」

ロベスピエールは隣席に囁《ささや》いた。

頷《うなず》いたのは白いというより、青いくらいの頬《ほお》だった。

かつて熱烈な手紙をくれた在野の革命家、ピカルディの片隅で革命の理想に燃えていた若者、ルイ・アントワーヌ・レオン・ドゥ・サン・ジュストが今夏の選挙で当選していた。エーヌ県選出議員として、国民公会に晴れの議席を与えられることになり、パリ上京を果たしたのだ。

一番にサン・トノレ通りの下宿を訪ねられ、正直ロベスピエールは驚いた。

今一七九二年を迎えても、まだ二十五歳でしかないサン・ジュストは、まず間違いなく最年少の議員である。お決まりの候補者しか当選させない選挙法は廃され、真実の国民代表に議席が与えられる仕組みが新たに導入されたとはいえ、エーヌ県はサン・ジュストのような若者を、よくぞ議員に選んだものだと、やはり驚かずにはいられなかったのだ。

実際のところ、サン・ジュストは議員などにはみえなかった。秘書とか事務員とかにみえるかといわれれば、そうも間違われないだろうと思うのだから、そもそも議会には場違いな感じがした。

無論、その一途《いちず》な中身については、かねて知るところである。革命に寄せる真摯《しんし》な熱意、その理想の高さ、その信念の固さをいえば、そのへんの平原派《プレーヌ》など寄せつけもしない。であるならば、場違いな感じこそ武器になるかもしれない。

――少なくとも、サン・ジュストは無名だ。

作家なり、学者なり、アメリカ帰りなりの前歴があり、鳴り物入りで当選したわけでなく、故郷のエーヌ県でなにか要職についていたわけでもない。真実の革命精神ばかりを元手に、パリに乗りこんできた若者は、文字通り無名の人物なのだ。

これまでの交際からロベスピエール自身は認識あるが、ジャコバン・クラブの仲間となると、これは恐らく大半がサン・ジュストなど知らないはずだった。いうまでもなく、ジロンド派は警戒していない。登壇するや、すわ妨害してやれ、さあ攻撃してやれ、とはならない。

「それにしても、本当によいのですか、私などで」

小声で確かめ、サン・ジュストは緊張顔だった。

無名も道理で、それは本当の処女演説だった。だから、こんな重要な問題を私のような新人が論じてしまって、本当に……。

「思いきって、やってきたまえ」

あくまで先輩然たる鷹揚《おうよう》さで、ロベスピエールは励ました。ああ、駄目で元々さ。ジロンド派という壁を壊すのは、誰にとっても難事なんだ。これも経験のうちだと思って、当たって砕けてくれればいいさ。

サン・ジュストに過大な期待を寄せているわけではなかった。八九年以来の革命家たちが揃《そろ》って苦戦しているなか、新人議員がひとりで現下の停滞状況を打破してこられるとは思えない。蜘蛛《くも》の巣に搦《から》め捕るような、あのジロンド派の執拗《しつよう》な攻撃からは免れることができるとはいえ、土台が二十五歳の若者にすぎないのだ。

演説の草稿は悪くなかった。が、飛び抜けて、よくもない。革命に寄せる真面目《まじめ》な考えばかりは伝わるだろうし、好意的に受け止められもするだろうが、そこまでだ。

ジロンド派は冷笑して捨てるだろう。付和雷同の平原派とて、一気の激情に突き動かされるとまでは行かないだろう。

「だから、そんなに深刻になることはないんだよ、サン・ジュスト」

「そうですか」

そこでサン・ジュストは、いったん深呼吸した。それならば、ひとつ御相談したいことがあります。

「演説の内容を一部変更してもよろしいでしょうか」

「変更だって。今からかい」

「ええ、ロベスピエールさん。今さらなんですが、この草稿は無難にまとめすぎた気がします。若輩者が一端《いっぱし》を気取っただけというか、冒険心に欠けているというか」

「冒険心、かい。しかし、私は悪くないと思ったのだけれど……」

「やはり変えるべきではないと」

「いや、変えるのは構わないが、この期《ご》に及んで変えてみたとて、きちんと演説になるのかね。いや、土壇場で変えることはあるんだが、処女演説というものは、普通は緊張するものだからね」

「あ、ああ、そうですね。やはり変えるのは……」

「ルイ・アントワーヌ・サン・ジュスト君」

議長のガデが登壇を促していた。吊り目の狐顔《きつねがお》なので、もう苛々《いらいら》しているかにも感じられた。ルイ・アントワーヌ・サン・ジュスト君。いないのですか、ルイ・アントワーヌ・サン・ジュスト君。

「ど、どうしましょう、ロベスピエールさん」

「行くしかない。とにかく、がんばれ、サン・ジュスト」

ロベスピエールは背中を叩《たた》いて送り出した。そのためによろけたことで、サン・ジュストは登壇するに先がけて、少し笑われてしまった。

緊張も高まるばかりだったのだろう。笑われたといえば、歩き方にもどこか不自然な硬さがあり、気づいた向きにはやはり失笑されてしまった。ようやく演壇に辿《たど》りつき、ぎこちない手つきで原稿を整えて、それからサン・ジュストは顔を上げたが、左右の目は危うく泳いで、恐らくは焦点を結んでいなかった。

「私がこれから……」

溜《た》めもおかずに、いきなり原稿を読み出せば、いよいよ声まで裏返る。議場のほうでも、爆笑しないではいられなかった。

18――名演説

サン・ジュストは笑われた。のみならず、議場といえば野次がつきものだった。

「おいおい、僕ちゃん、大丈夫なのかい」

「というか、お嬢ちゃんじゃないのかい」

「へへ、ずいぶんと可愛《かわい》らしい議員もいたもんじゃないか」

いうまでもなく、サン・ジュストは美貌《びぼう》の男である。無名であれ、初見であれ、その凡百を凌駕《りょうが》する美質については、誰も見逃すことがなかった。

まずいな、とロベスピエールは思った。それが称賛される分にはよい。が、美男とみてうっとりするのは、せいぜいが傍聴席の有閑マダム連くらいのものだ。いうまでもなく、他は男ばかりだ。となれば美貌など、もはや揶揄《やゆ》の種でしかなくなるのだ。

「おいおい、嬢ちゃん、おいらとパレ・ロワイヤルあたりを散歩しねえかい」

「てえか、これだけの別嬪《べっぴん》なんだ。パレ・ロワイヤルあたりじゃ、値札をぶら下げてるではいられなかった。ところが、なのだ。
るだろう。自ら頭の中が真っ白になった経験があるだけに、ロベスピエールは案じない
まずい、まずい。悪乗りでからかわれるほど、サン・ジュストは前後もわからなくな
「いくらだ、いくらだ。こんだけ綺麗《きれい》なら、俺は男でも構いやしねえ」
かもしれないぜ」

──美貌とは……。
これほどまでの武器になるかと、直後には嘆息させられていた。
サン・ジュストは目を細めていた。その微《かす》かな隙間《すきま》から、眼光を光らせたようだった。
睨《にら》みをくれられ、とたんに議場は鎮まった。刹那《せつな》に感じられたのは、冷たい刃物の
閃《ひらめ》きだった。ああ、寒い。これは錯覚なのだろうか。いや、確かに背筋が凍りつく感
触があると、それはロベスピエール自身の実感でもあった。
演壇に立つサン・ジュストは、まさに妖刀さながらだった。酷薄な女にも譬《たと》えられる
冴《さ》えた美貌が、残忍なまでの凄《すご》みに長じて、にやにや笑いで弛《たる》みきった面々を、一瞬に
して両断してしまったのだ。
咳払《せきばら》いひとつおいて、サン・ジュストは演説にとりかかった。ええ、市民諸君、私がこれから試みるのは、王は裁くことができるということの証明です。
「不可侵性を考慮したモリソン氏の意見、ただの市民として王を裁こうという立法委員

会の意見、ともに間違っています。王はいずれとも関《かか》わらない原理において、裁かれなければならないのです」

なに、と腰を浮かせかけて、それからロベスピエールは絶句した。

そんな内容ではなかった。確かに一部を変えたいといっていたが、それにしても変えすぎだ。これでは演説の大前提から別物だ。モリソンは否定できるとして、サン・ジュストが用意したのは、あくまで立法委員会の主張に準じる演説のはずなのだ。

今や緊張の欠片《かけら》もみせず、サン・ジュストは続けた。ええ、繰り返しますが、立法委員会の意見で際立《きわだ》つのは、王はただの市民として裁かれるべきであるという点です。

「私の意見は違います。私は王は敵として裁かれるべきだと思います。敵であるかぎり裁くというより、あるいは戦うというべきなのかもしれません。訴訟の形式を取るとしても、フランス人とフランス人を結びつけている社会契約とは全く無関係であるわけですから、市民法の原理に基づくのでなく、国際法に基づかなければならないでしょう」

「なんたる……」

ロベスピエールは今度は議席で声に出した。サン・ジュストときたら、なんたる理屈を捏《こ》ねることか。これまでの議論の流れから大きく逸脱したどころか、そんな理屈は今まで聞いたこともない。それほどまでに突飛な主張を、いつ思いついたというのだ。

モリソンの演説を聞いたときか。立法委員会の報告に、疑問を覚えたということか。

――いや、違う。

昨日今日で急拵《きゅうごしら》えした理屈ではない。啓蒙的《けいもうてき》な書物を精読したとか、議会を熱心に傍聴したとか、そんな勉強の賜物《たまもの》であるとも思えない。強《し》いていうなら、この若者が自分の胸に温めてきた理念、奥底から自然と湧《わ》いてきた信念、そういうものが機会を得て、一気の迸《ほとばし》りを示しているとみたほうが、遥《はる》かに妥当だ。

――それにしても、なんたる暴論を吐くことか。

サン・ジュストは止《や》めなかった。とうとうと先を続けて、人々の瞠目《どうもく》こそ愉快といわんばかりだった。いや、後世の人々は驚くかもしれません。人間は十八世紀になっても、カエサルの時代から進歩していないものだと。古《いにしえ》において暴君は、元老院議員たちがみている前で生贄《いけにえ》とされました。他ならぬ、短刀の二十三突きという方法で、です。他ならぬ、ローマの自由という法において、なのです。今日において、人々は裁判に敬意を払います。ですが、人民の虐殺者を裁くというのは同じです。現行犯において、血塗《ちまみ》れの手を、犯罪に汚れた手を、我々は捕えなければならないのです。

「ルイを裁こうとしている人々は、また共和国を建設しようとしている人々でもあります。ひとりの王を正当に懲罰しようとするとき、それが大事《おおごと》であるなどと動揺するなら、すでにして共和国を建設する資格もないといえましょう。事実、我々においては精神と人格の弱さこそが、自由を享受する際の最大の障害となるのです。弱さゆえに、誤謬《ごびゅう》は美化されてしまいます。真実さえもが、しばしば単なる好みに引きずられてしまうのです」

「………」

乱暴な、とは変わらず思う。しかし、同時にロベスピエールは胸深く刺しこまれる痛みも覚えていた。つまりは乱暴で、なにが悪いと。

むしろ乱暴な考え方、強引なやり方、有無をいわせぬ進み方こそ、我々に欠けていたものではなかったか。ジロンド派は執拗《しつよう》だとか、そのために停滞を余儀なくされているとか、そんな泣き言を連ねている暇があるなら、過激なくらいの暴力で壁を壊しにかかるべきではなかったか。

「あえて明言してしまいましょう。王の裁判というものは、その者が統治において重ねた犯罪についてでなく、その者が王であったという事実そのものについて、行われなければならないのです。なんとなれば、どの世界に行こうと、簒奪《さんだつ》行為を正当化する理屈などありえない。罪なくして、ひとを支配することなどできないのです。すでにして、その狂気は明らかだ。なべて王とは反逆者であり、簒奪者なのです」

「その通りだ」

静寂が支配する議場に起立して出ながら、ロベスピエールは声を上げた。ああ、そうだ。おもしろい、おもしろいぞ、サン・ジュスト。

立ち上がるではないながら、同じ気持ちなのだろう。続いたのは車椅子《くるまいす》の闘士、盟友クートンの声だった。

「そうだ、そうなのだ。あの若者の声にこそ、我々は耳を傾けるべきだ」

喝采《かっさい》と拍手が耳に痛い。議場に熱狂が生まれていた。ぐるり傍聴席から左側の議席にかけては、少なくとも総立ちになっていた。

となれば残りの中央から、わけても右側の議席など、いっそうの勢いで野次り倒そうとするのだが、それも猛烈に手が叩《たた》かれ、また足が踏み鳴らされたため、容易に功を奏さなかった。

ロベスピエールは演壇に目を戻した。

サン・ジュストは嬉《うれ》しげに頰《ほお》を上気させていた。初々しく、ときに可愛らしくもある表情は、やはり最年少の新人議員である。が、この美しい若者が、刃物さながらに切れ味するどい演説で、この世界を震撼《しんかん》させてしまったのである。

――まさに名演説だ。

ロベスピエールが頷《うなず》くと、向こうではサン・ジュストも頷き返し、それから演説を結びにかかった。

「ルイは人民と戦いました。そして負けたのです。ルイは野蛮人も同じです。戦争捕虜に取られた外国人も同じなのです。皆さんも王の不実な策謀をみたはずだ。王の軍隊をみたはずだ。裏切り者はフランス人民の王ではありえません。何人かの徒党の王でしかないのです。密《ひそ》かに軍隊を動員し、お決まりの大臣を重んじ、そして市民のことは奴隷としかみなさない。良識あり、勇気ある人々を、密かに追放したりもしました。バスティーユの、ナンシーの、シャン・ドゥ・マルスの、トゥルネの、テュイルリの人殺しです。これは、なんたる敵でしょうか。これほどの悪行を重ねる輩《やから》が、果たして我らの同胞でしょうか。ルイはフランスに関係ない外国人として、すぐにも裁かれなければなりません」

19――軌道修正

十一月十三日の審議は決定的な印象を残した。

それは認めなければならない。認めるべきを認めずに、希望的観測に甘んじているならば、いつ足を掬《すく》われないともかぎらない。なんとなれば、これは遊びではない。

――ああ、ざんねん、じゃあ済まないのよ。

そうやってロラン夫人は自分を戒めていた。

無論、ジロンド派とて手を拱《こまね》いていたわけではない。続いてフォウシェが登壇し、ルイ十六世の死刑は世の同情を招くだろう、世論を反革命の向きに誘うだろうと警告した。ジャコバン派も負けじとロベールを送り出し、仮に王が裁かれずに牢《ろう》を出るようなことがあれば、それを迎える市民は殺害の権利を持つといわなければならないと、九月虐殺にも懲《こ》りない発言で応酬した。

が、そのロベールの発言さえ、許されないほど不謹慎で、信じられないくらいに過激な意見であるとは、思われなくなっていたのだ。

——サン・ジュスト、とんだ伏兵もいたものだわ。

その名前を呟《つぶや》けば、あらためて臍《ほぞ》を噬《か》む思いがある。

伏兵というが、知らないで済まされる相手ではなかった。絶対の信を置ける女の勘というものが、警鐘を鳴らしっ放しだった。あれは危険な男だ。ロベスピエールやマラと同じくらい、いや、それ以上に危険な男だ。

——どうしてって、あの破壊力ときたらないわ。

ルイ十六世は敵だ。外国人と同じだ。戦うように裁け。捕虜と同じに国際法で裁け。独創というほかない論法は、それまでの議論の影を完全に薄くした。王の不可侵性は守られるべき、いや、特権なき単なる市民とみなすべきというような議論は、もう誰もしなくなった。

実際、あのロベスピエールまでが自分の演説を取り消した。恐らくは不可侵性を云々《うんぬん》する草稿を用意してきたのだろうが、そんなもの、サン・ジュスト演説のあとでは恥ずかしくて恥ずかしくて、もう声に出す気にもならなかったに違いない。

もちろん、サン・ジュスト演説は暴論であり、国民公会《コンヴァンシオン》の最大派閥である平原派《プレーヌ》、つまりは穏健な日和見《ひよりみ》主義者たちの心をつかんだわけではない。国王裁判の行く末についても、未決のままである。早期の裁判となると、まずは実現しないだろう。

停滞していた空気が動いた感は、それでも否めなかったのだ。いったん暴れ出してしまえば、その馬の手綱《たづな》を引くのは至難の業《わざ》だと、早くも思い知らされたのだ。

——それが証拠に議長職を奪われた。

最初のペティオン議長以来、ジロンド派は国民公会が開幕してから、ずっと議長の座を独占してきた。が、サン・ジュスト演説から二日後の十一月十五日の改選で、とうとうグレゴワール師に座られてしまった。

グレゴワール師は完全なジャコバン派ではないものの、ばりばりの立憲派聖職者だけに、左よりの立場ではあった。

やはり、議会の空気は動いた。それを鎮め果《おお》せるのは、たぶん容易でないだろう。

——ビュゾさんは、がんばってくれたけれど……。

ビュゾは今やジロンド派の切りこみ隊長という活躍だった。おかげでブリソは無論のこと、ヴェルニョーやデュコあたりまで、最近は登壇しないで済むくらいである。

サン・ジュスト演説の火消し役が求められれば、それも自ら率先する。ええ、諸氏は議論の前提を誤っているのではありますまいか。

「議論されているのは、ルイ十六世の裁判だけです。その家族、その血族については、なんの議論もなされていない。しかし、熱烈な共和主義者である私は、ブルボン一族になんの咎《とが》めもないなどとは、とても認めることができないのです」

王妃マリー・アントワネットも裁判にかけようと仄《ほの》めかせば、かねて有名な嫌われ者の話であり、人々の耳目《じもく》を惹《ひ》かないではなかった。

かつての親王オルレアン公フィリップこと、今や市民として改名したフィリップ・エガリテ（「平等」の意）が、ジャコバン派もしくは山岳《モンターニュ》派の一員であることを想起すれば、同時に政敵に加えられた痛烈な一打にもなっている。

それとしてビュゾ演説は高く評価できるのだが、それでもサン・ジュスト演説に比べられると、下手《へた》な論理のすりかえ、姑息《こそく》な時間稼ぎにしか感じられなくなるのだ。

「だから、この俺さまを呼んだってわけかい」

目の前に座るのは、ふてぶてしくも横に大きな巨顔だった。

ロラン夫人は思う。相変わらず不潔な男だ。できれば呼びたくなどなかった。が、もう綺麗《きれい》な男だけでは戦うことができないのだ。

ダントンだった。醜いけれども使える男は、その日も自分の価値に居直るような態度で先の言葉を続けた。まあ、遅かれ早かれ声はかかると思ってたんだが、それにしてもロラン夫人、今回は少し早かったんじゃねえか。

「あまりに臆面《おくめん》なさすぎて、これじゃあ世間に変な邪推されちまっても……」

「早いのは、ダントンさん、あなたのほうではなくて」

切り返されれば、さすがのダントンも苦笑に後退せざるをえなかった。

大臣辞任問題、会計報告問題で、さんざ議会でやりあったあとである。まさに犬猿の仲と思われている。政治の世界であれば、なお水面下の動きでは何が起きていても不思議はないにせよ、ダントンの場合それが大っぴらだったのだ。

「それでも御礼《おれい》は申し上げます。あのときダントンさんに支持していただけなければ、こちらのビュゾは立場をなくしてしまうところでした」

裁判論議をブルボン一族全体にまで拡大しようという、例の発議の一件である。すりかえ、あるいは時間稼ぎと冷ややかに受け止められるなか、ひとり賛成を表明してくれたのが、このジョルジュ・ジャック・ダントンだった。

すれば、大声の持ち主である。議席の右側は無論のこと、中央も少なからずが引きずられ、ビュゾ発議は不評ながらも可決されるという、なんとも奇妙な結果に運んだ。

「はん、サン・ジュストなんて小僧は、俺だって好きなわけじゃないんでね」

と、ダントンが続けていた。だろうとは、考えていた。でなくても、ジャコバン派には必ずしも一枚岩とはいいがたい、微妙な温度差があった。

あちらにロベスピエール、それにマラといれば、こちらにダントン、さらにデムーラン、ファーブル・デグランティーヌと集まる。いがみあうわけではないが、やはり肌合いは違う。ロベスピエールの側にサン・ジュストが加わるならば、双方の違和感は大きくなるばかりではないかと、それがロラン夫人の着眼だった。

——とすれば、利用しない手はないわ。

パリとサン・キュロットは、やはり抑えなければならなかった。ロベスピエールがいるかぎり、その全てを意のままにできるわけではないながら、それでもダントンを味方にできれば大分違う。同じ臨時執行評議会でやっていた頃の程度には、まとまりがつく。ああ、意外や思うに任せないなら、さっさと軌道修正するまでなのだ。

ロラン夫人は始めることにした。ダントンは喰《く》えない男だ。もちろん話は慎重に、慎重なうえにも慎重に進めなければならない。ですから、ひとつ確かめさせてください。

「ダントンさん、王の裁判をどう落着させるおつもりですか」

「ルイ十六世は殺させねえ」

と、ダントンは明言した。有罪か無罪か、それは裁判のなりゆき次第だ。それでも死刑にはさせねえ。仮に死刑判決が出ても、なんとか執行は免れさせる。

「どうして殺すわけにはいかないのですか」

「衝撃が大きすぎる。反革命の輩《やから》は依怙地《いこじ》になるし、諸外国の君侯どもだって、ひっこみがつかなくなる」

「ルイ十六世は殺さないと、やはり約束なさったんですね、プロイセン王と」

「そいつはデュムーリエの親爺《おやじ》に聞いてくれや。プロイセン軍を撤退させたのは、あんたんところの将軍さんなんだからよ」

ロラン夫人は微笑で受けた。話はできそうだった。まだ独断で動いている段階であれば、ジロンド派の仲間に持ちかけられる話にできるかどうか、さらに確かめなければならない。それでダントンさん、裁判の時期なんですが。

「来年の後半てところだろうな」

「そこまで引き延ばすことができれば、世論も安定すると」

「それに戦争のほうも、一段落ついているだろ」

時期についても、考え方に大きな違いはないようだった。となると、次は裁判の進め方なわけですがと、ロラン夫人が詰めにかかったときだった。

「マダム、マダム」

内務大臣官邸の玄関は、天井が吹き抜けになっている。そこに大きく響かせれば、奥にいても十分聞こえる。しかも飛びこんでくる声は、やや甲高いものだった。

ハッとして、ロラン夫人は立ち上がった。はっきり聞きとれないながら、さらにいくつか言葉が続いて、それに答える別な声も届いたからには、使用人にこちらの所在を確かめたということだろう。

「ビュゾさん、どうしまして」

名前を呼ぶと、まっすぐ駆けこんできたのは、やはりの相手だった。

秀麗な眉を歪《ゆが》めながら、ビュゾは戸口で、いったん怪訝《けげん》な顔をした。いうまでもなく、ダントンの姿を認めたからだ。

ジロンド派の政敵ながら、過日は自分の発議に賛成してくれた男だと思い返せば、あからさまな敵意も示せないようだった。にしても、なんだって、ダントンが……。

「にしても、どうしたんです、ビュゾさん」

ビュゾはハッとした顔になった。ああ、そうでした。ええ、マダム、大変なことになっています。議会が大変なことになっているんです。

「というと、またサン・ジュストか誰かが……」

「ロラン氏ですよ」

「………」

「ロラン氏が大変な議論を巻き起こしているんです」

20――隠し戸棚

夫のロランを訪ねて、その男が内務大臣官邸に飛びこんできたのは十一月二十日、確かにその日の朝だった。

フランソワ・ガマンというのが名乗りだった。

職業は錠前師で、ヴェルサイユから来たといった。ヴェルサイユといえば王宮都市であり、実際ガマンは祖父の代から王室御用達《ごようたし》だったという。

まあ、革命前の話である。にもかかわらず、第一印象がよくなかった。かつて王宮に出入りしていたことをいうなら、垢抜《あかぬ》けた身支度などはさすがと思わせたが、そのフランソワ・ガマンという男には、なお職工臭さが抜けない風があったのだ。

職工なのだから、当然といえば当然だった。が、いくら暮らしが楽になってもブルジョワになりきれないような、無論のこと貴族の典雅となると、ほんの真似事《まねごと》さえできないような、そうした一種の泥臭さを感じさせないではなかったのだ。

――父そっくりだ。

とも、ロラン夫人は思った。これまた当然の話だった。父ガシャン・フィリポンはパリの職工だったのだ。とすると、第一印象の悪さも当然か。

なにが嫌かといって、ロラン夫人は自分の生い立ちを嫌悪していた。

ロランと結婚して拓《ひら》かれた人生、ようやく手にした輝ける日々、そうした努力の賜物《たまもの》を、がんばってもがんばっても報いてはくれなかった灰色の過去が不意に訪ねてきて、すっかり台無しにしようとしている。

そんなイマージュがよぎるほど、錠前師フランソワ・ガマンの印象は悪かったのだ。

――ロランが追い返してくれればいいのに……。

そうまで思ったとすれば、すでにして不吉な予感があったのか。

ところが、ロランは断らなかった。内務大臣として、面会希望者は邪険にできるものではない。そのへんの庶民でなく、ヴェルサイユに店舗を構える立派な親方だとなれば、まして懇《ねんご》ろに迎えなければならない。それに、なにか重大な話があるとも、持ちかけられたようなのだ。

――その詳しい内容を私は知らない。

ダントンとの秘密会談を予定して、その日はそれどころではなかった。

夫のほうでも特に相談してくるでなく、大した話ではなかったのだろうと、ロラン夫人はあっさり放念してしまった。それが午後には議会を騒然とさせたのだ。

ヴェルサイユの錠前師フランソワ・ガマンは、王室御用達というより「王の師匠」だった。

いわれてみれば、ルイ十六世の趣味は錠前造りと、確かに有名な話だった。宮廷に設けられた、その趣味の工房に頻々《ひんぴん》と招かれて、王に製作のコツを伝授していたのが、フランソワ・ガマンだったのだ。

当然ながら、親しい。ルイ十六世がパリ転居を余儀なくされると、テュイルリ宮にも招待されることがあったらしい。

「というより、隠し戸棚の据え付けを頼まれたんです」

それが内務大臣ロランの耳に届けられた、フランソワ・ガマンの告白だった。

王の寝所と王太子の部屋をつなぐ通路の壁に、外からはわからないように戸棚を埋めて、その鉄扉を特製の錠前で閉じたというのだ。

「陛下はなかに、なんだか大切そうな書類を詰めておられました」

そうも証言したガマンだが、いつ頃の話かと後に議会で質《ただ》されると、一七九一年五月とか、一七九二年四月とか、なんだか怪しく前後した。

こんな重大な話を、どうして今まで黙っていたのか。そう責められることを恐れたのだろうが、とすると、やはり九一年五月が正しいのだと、ロラン夫人は直感した。ヴァレンヌ事件の直前だからだ。

パリを抜け出し、国境地帯に、恐らくは外国にまで逃げるつもりだった王は、その前に大事な書類を隠したのだ。後のテュイルリ宮を家捜《やさが》しされても困らないよう、どうしてもみられたくない書類ばかり、あらかじめ隠し戸棚に詰めこんだのだ。

――それなら、決定的な内容だわ。

自分なら最初から看破できたのにと、ロラン夫人は悔やんでも悔やみきれない気持ちだった。ロランは同じようには考えなかったからだ。自分に一言の相談もなかったことから推しても、さほど大事とは受け止めていなかったに違いないのだ。

――それにしても、軽率だった。

ロランは知らぬ間に出かけていた。ガマンと一緒にテュイルリ宮に向かい、証言通りに隠し戸棚が発見されると、それを簡単に開けもした。

同じ敷地に議員がいて、あるいは官庁も集中する界隈《かいわい》であるにもかかわらず、誰か呼んで、立会人を務めてもらうというほどの知恵も働かせなかった。あっさり鉄の扉を開け、わんさと書類が出てくると、そこは数分の距離だという気軽さで、そのまま自分で議会まで運んでしまった。

――これが、やはりの爆弾だった。

ミラボーの手紙が出てきた。「秘密警察長官」ともいうべき宮廷の密偵タロンの報告書も、一枚や二枚ではなかった。

クレルモン司教に宛《あ》てては、聖職者民事基本法に対する激しい敵意も語られていた。他にもラ・ファイエットの手紙、タレイランの手紙、デュムーリエの手紙まで。

「全て裏切りの証拠じゃないか」

議会が騒ぐのは、火をみるより明らかだった。

まだ一週間でしかないならば、サン・ジュスト演説も耳に生々しかった。裏切り者はフランス人民の王ではありえません。何人かの徒党の王でしかないのです。密《ひそ》かに軍隊を動員し、お決まりの大臣を重んじ、そして市民のことは奴隷としかみなさない。

——実際、裏切りは行われていた。

わけてもミラボーの手紙は、ある種の衝撃として巷《ちまた》を駆けた。「革命のライオン」と呼ばれた男が、実は宮廷と駆け引きしていた。王の金をもらい、王のために働いていた。

驚きが怒りを招き、怒りが暴力を助長させた。

ジャコバン・クラブは広間に置いていたミラボーの胸像を、すぐさま叩《たた》き壊してしまった。国民公会《コンヴァンシオン》とて、壁を飾るミラボーの浮き彫りに、それとなく幕を垂らした。

歯止めが利かなかったのが民衆で、人々は大挙パンテオンに乗りこむと、ミラボーの遺体を棺《ひつぎ》から引きずり出した。腐敗が進んだ巨体を共同墓地に投げ捨てて、ようやく溜飲《りゅういん》を下げるという蛮行だった。

――だから、ロランは握りつぶすべきだった。

自分が一緒であれば、決して公表させなかった。これほどの大事であれば、少なくとも慎重に対処した。ところが夫は、さほどの大事とも考えなかった。あるいは大事と考えればこそ、なおのこと張り切って……。活躍めざましいビュゾに負けるものかと、出し抜くような気分もあって……。

ロランは議会に持ちこんだ。先の展開など読まず、さっさと公表してしまった。叱責《しっせき》しないでいられないのは、なにもミラボーの名誉を守りたいからではなかった。

死人など、どうでもよい。大切なのは、まだ生きている人間のほうだ。ルイ十六世の卑劣を暴いて、さらなる敵意を巻き起こすことはないのだ。

「だって、マダム、こうなったら、もう裁判にするしかないんじゃないですか」

「ええ、ビュゾさん、これは拙《まず》いことになりましたわね」

十一月二十一日の議会も大荒れだった。

国民公会は「鉄箱文書」の目録を作成させるべく、新たに十二人委員会を設立した。文書は全部で七百二十六に上るといい、その整理と分析を担当する委員は籤引《くじび》きで決められた。ならば、ジロンド派だけでは委員会は牛耳《ぎゅうじ》れない。それどころか、委員長はジャコバン派のフィリップ・ジャック・リュールになった。

「てえことは、おいおい、あんたら、遅かれ早かれ暴かれちまうぜ」

「ああ、ジロンド派の手紙だってあるんじゃないか。裏で王家と通じていたんじゃないか」

「それだけロランが抜き取ってしまったって噂《うわさ》もあるがな」

隠し戸棚の発見が十一時半、議会に持ちこまれたのが十四時半、三時間もあれば十分に工作できる、自派に不都合な文書を間引くくらいは造作もないと、まことしやかに推理を語る輩《やから》も跡を絶たなかった。

ところが、立会人もなく、調書も作らず、全てロランが独断で進めてしまった話であれば、こちらに反論の術《すべ》はない。

「白だというなら、ジロンド派は今すぐ王の裁判を実現しろ。できないってことは、ルイ十六世に喋《しゃべ》られちゃあ困る話があるってことだ」

手紙はロランが握《にぎ》り潰《つぶ》せても、王の口には蓋《ふた》できるわけじゃねえからな。そうやって騒然となるばかりの議会を目《ま》のあたりに、ロラン夫人の想念に初めて浮かんだ言葉があった。

――敗北……。

いや、そんなことはありえない。けれど、女の直感は滅多なことでは外れない。どの程度に受け止めるにせよ、敗北する覚悟だけはしておかなければならないようだった。ああ、ダントンと結ぶくらいでは足りない。年内にも王の裁判が実現してしまうかもしれない。となれば、ルイ十六世は殺されてしまうかもしれない。さすがのジロンド派も、今回だけは負けてしまうかもしれない。ジャコバン派にやられてしまうかもしれない。そのときのため、今から私は……。ええ、これは遊びじゃないのだから、用心するに越したことは……。

21——迎え

雨音にまで苛々《いらいら》した。

——午後一時二分。

迎えが来るや、ルイ十六世は懐中時計に目を落とした。

おおよその時刻なら、確かめるまでもなかった。

正確に把握したのは、それが連中を告発するためには決して省くことができない、一種の手続きだったからである。ああ、これは許されざる大罪だ。神聖な時間を邪魔した。

しかも、これといった理由もなしにだ。

十二月十一日、ルイは午前中を王太子ルイ・シャルルと遊ぶことで過ごしていた。

もちろん、タンプルでの話である。本格的な牢獄《ろうごく》に改装されるのを待って、小塔から大塔に移されてはいたものの、一家の幽閉生活は八月から変わらなかった。

——つまりは静かで、幸せで……。

いつも通り六時に起床、身支度を整えて、七時からは朝の祈り、九時には家族を自室に呼んで、一緒に朝食を取る。珈琲《コーヒー》に代えて、ショコラを飲んだことも含めて、一日の始まり方は昨日までと寸分変わらず、そのまま家族団欒《だんらん》の時間に移るのも同じだった。

王妃、王女、王妹と、女たちは針仕事に取りかかる。かたわらでルイは専《もっぱ》ら七歳になる息子の相手というわけだ。

カエサルの『ガリア戦記』や『内乱記』、はたまたホラチウス、キケロ、タキトゥスなどを持ち出して、手ずからラテン語を習わせたり。あるいはコルネイユやラシーヌでフランス語の古典的な美しさを論じたり。八十三県の地図を広げてフランスの地理を教えたり。

そこは子供で、王太子ルイ・シャルルも勉強はすぐに飽きる。ならばとルイは、遊びにもつきあった。甘い父親として、かえって遊び相手を務めることのほうが多かった。

その日、ルイが息子と興じていたのは、玉転がしの遊戯だった。王太子は二度続けて負けた。十六点までは行くのだが、そこで二度とも失敗した。

「いつもだよ。いつもこうだから、嫌になっちゃうよ」

ルイ・シャルルは拗《す》ね加減だった。仕方がない。少し手心を加えて、三度目には勝たせてあげよう。微笑《ほほえ》みながら、ルイが心を決めたときだった。

「時間です」

看守が来て、いきなり遊びを中断させた。のみか息子も含めた家族は全員、別室に戻るようにと命令したのだ。午前十一時、正確には十時五十八分のことだった。ひとりになるや、ルイは早めの昼食を出された。それを済ませても、連中に先を急ぐ様子はなく、問い合わせてみると、まだ迎えが来ないという話だった。

「それならば、どうして十一時から待機なのだ」

看守はそれが上からの命令だからで、詳しい理由は知らないとだけ答えた。

ルイは手持ち無沙汰《ぶさた》のまま、ただ椅子《いす》に座り続ける羽目になった。だから、腹が立つ。当局の迎えが来たのは午後一時二分、結局のところ二時間も待たされた。これだけ遅れるのだったら、あと一時間くらいは息子と遊んでいられたはずだ。

まだ勝たせてやっていなかった。これから勝たせて、喜ばせてやるつもりだった。なのに、どうして引き離されなければならなかったのか。

「なにが、時間です、だ」

そうやって唾棄《だき》するほど、ルイの怒りは狂おしいばかりになる。滅多なことでは感情を表に出さない質《たち》だったが、さすがに一言くらいはいわずにおけない気分である。

わざとらしく太鼓を鳴らして、連中は現れた。立ち上がるや、まずは一睨《ひとにら》みくれてやったが、意味がわからなかったらしい。

先頭にいて、きょとんという顔になったのは、サルペトリエール女子施療院の前《さき》の院長で、新しくパリ市長に選ばれたばかりの、ニコラ・シャンボン・ドゥ・モントーだった。

その様子から、十一時の召集も悪意の命令ではなかったようだ。が、事情を知らなかったからと、許される話でもない。家族とすごす時間に比する宝はないと、そこはわかってもらわなければならない。

――いや、シャンボンのほかは、はっきり悪意に満ちているか。

迎えはパリ市長だけではなかった。

党派をいえば、シャンボンはジロンド派である。独自の候補を立てることで、パリ市長選を争い、あげくに敗れた他方のジャコバン派もしくは山岳《モンターニュ》派のほうは、こちらも十二月三日に実施された市政評議会議員選挙を機会に、改めて蜂起《ほうき》の自治委員会《コミューン》を掌握していた。

その第一助役ショーメットが、同委員会の書記官クーロンボーを連れて、タンプルまでパリ市長に同道していた。

どうしてパリの連中ばかりが来るのだろうと、そこは大いに疑問を感じ、でなくとも大いに不満でありながら、だからとルイが連中を無視できるわけではなかった。

「それで今日は、なんなんだね」

不機嫌な声で促したが、書記官クーロンボーはといえば意に介さない無表情で、ただ一葉の紙片を読み上げた。我々はフランス国民の名において、命令されております。

「ルイ・カペーを国民公会《コンヴァンシオン》の証言台まで連行せよと」

十二月十一日、それが第一回公判の日付であることくらい、ルイとて知らないわけではなかった。

やはり裁判になった。しばらく議会は、裁判をするしない、あるいは裁判にできるできないで揉《も》めていた。空気が変わり始めたのが、十一月の半ばからだった。

十三日、サン・ジュストとかいう若い議員が試みた演説は、とんでもない暴論だった。王は罪人なのでなく、むしろフランスの敵なのだと叫んだわけだが、これが議会を揺り動かしたようなのだ。

ジャコバン派もしくは山岳派が、暴論の延長線上で新たな攻勢をかけていた。サン・タンドレ、ティリオン、なかんずくロベスピエールが演壇で再び声を張り上げるときまでに、その主張はもはや裁判などではなく、即時の断罪、端的にいえば裁判なしでの処刑にまで高じていた。

──すでに無法のありさまだな。

これが罷《まか》り通らないでもない雰囲気だった。

錠前師ガマンの告白に基づく二十日の「鉄箱文書」発見で、裏切りの証拠がみつかった、国王を断罪せよ、との世論が一気に強まっていた。十二月二日には蜂起の自治委員会と、パリ四十八街区代表が議会に乗りこみ、議論の停滞に激しく抗議したほどだった。

他方のジロンド派は、もちろん慌てた。ビュゾだの、ガデだのが奮戦して、話をオルレアン公を含めた王族全体に広げてみたり、あるいは王政復古を企《たくら》む者を死刑にせよと動議してみたり、むしろ王党派の告発を急ぐべきだとのすりかえを試みたりしたのだが、さほど事態は変わらなかった。

結局のところ、バルバルーの主張が、議会の大勢に支持された。

「ルイ十六世を裁判にかけろ」

問答無用の殺人でなく、せめて合法的な司法手続きにする。それがやっとで、もはやジロンド派の既定方針、すなわち裁判に反対したり、その有効性を疑問視したり、あるいは先送りしたりなどは不可能になっていた。

十二月六日、議会は「鉄箱文書」の整理を担当する十二人委員会を、二十四人委員会、立法委員会、治安委員会それぞれから三人ずつ選ばれた九人を加えることで拡充、新たに二十一人委員会を設立した。これがフランス王ルイ十六世に対する起訴状を提出したのが、昨日十二月十日のことだったのだ。

「かくて今日十一日には、いよいよ私が呼び出される」

全ての経過をルイは正確に把握していた。が、それに一喜一憂したのは、あくまでもジロンド派であり、またジャコバン派もしくは山岳派だった。

ルイ自身の感覚では、むしろ他人事《ひとごと》に近かった。ああ、切実な問題は他にある。それこそ最大の問題でもある。

「カペーというのは、私の名前ではありません」

ルイは再びの不機嫌で露骨に返した。ええ、我らが王朝の始祖、ユーグという名の私の祖先が、そういう綽名《あだな》で呼ばれていただけです。「ユーグ・カペー」は「合羽《カッパ》のユーグ」という意味で、そもそも家の名前ではない。

「強《し》いて名乗りを上げれば、ロベール家ということになります」

「し、しかし、あなたはブルボン王朝のフランス王としてでなく、ただの市民ルイ・カペーとして裁かれる……」

「そんなことは、どうでもよろしい。とにかく、です。私として断じて容認できないのは、一時間も早く息子から引き離されたことです」

「息子さん、と申されますと」

「諸君らを二時間も待たなければならないのなら、その間に息子と一緒にいることを許してくれてもよかったのではないですか」

「は、はあ。で、あなたは出頭を拒否されるつもりなのですか」

「そんなことは、いっていない」

だから、そんなことは、どうでもよろしい。一方的に切り上げると、ルイは自分から歩き出した。そこを呼びとめたのは、今度はショーメットという上役のほうだった。

優しげな美貌《びぼう》は女性的なくらいだったが、細く縮れた自毛を真ん中から左右に分けた髪型は、反対にしごく男性的な感じがした。ぴったり頭皮に張りついているかに厚みがないのは、もう薄くなり始めているからだ。まだ三十になったかならないかの年格好であれば、あるいは元が苛々しやすい性格なのかもしれない。

「ルイ・カペー、待たされたというが、その間に身支度もしなかったのか」

と、ショーメットは質してきた。いわれて、ルイは我が身を眺めまわしてみた。

青色の上着は、確かに皺《しわ》だらけだった。重ねた桃色の外套《がいとう》にしても、すでに着古したものである。鬘《かつら》は被《かぶ》らず、剝《む》き出しの髪も巻かれた癖が半端に残るまま、ただ後ろに撫《な》でつけられているだけだった。

掌《てのひら》で撫でれば、顔までがザラザラとして、三日も剃らないでいた髭《ひげ》は、なるほど不精と責められて然《しか》るべきかもしれない。

「が、ブルボン王朝のフランス王ルイ十六世でなく、その、なんだ、一市民ルイ・カペーなら、別に構わないのじゃないのかね」

降りしきる雨もなにするものぞと、ルイは自分の迎えと思《おぼ》しき馬車のほうに直進した。なお苦笑せざるをえなかったのは、その車体が深緑に塗られていたからだった。ヴァレンヌ事件のときに使ったベルリン馬車と同じ色だ。はん、まさか、一流の嫌みというわけでもあるまいが。

　タンプルの中庭に整列するのは、国民衛兵隊だった。護衛ということだろうが、司令官として先頭に立つのは、もはやラ・ファイエットでもマンダでもなく、これまたパリの活動家のひとり、アントワーヌ・サンテールという男だった。

　冬の雨に打たれっ放しになりながら、それにしても大仰《おおぎょう》な護送だった。

　正規軍からも騎馬憲兵が五十、兵学校からも士官候補生が五十、それぞれに派遣されて、馬車の周囲を隙間《すきま》なく囲んでいた。その外側に左右それぞれ三列縦隊が、つまりは片側三百人、総勢六百人の国民衛兵が隊伍《たいご》を組んで、最後尾には砲兵隊まで続いているのだ。

　今度はルイが皮肉を心に浮かべる番だった。はん、これでは身構えている内心を、自ら白状しているようなものじゃないかね。護送するのは一市民ルイ・カペーなどではない、まさにフランス王ルイ十六世なのだと、自ら触れ回るようなものじゃないかね。

22——国王裁判

——ろくろくパリの街並もみえやしない。

ルイの不都合はといえば、それだけだった。

タンプルに不満はなかった。普段は建物に閉じ込められているが、希望すれば庭の散歩くらいはできた。息が詰まる思いで暮らしていたわけではないのだが、風景が代わり映えしないことは否めなかった。

してみると、とりたてて好きというわけではないながら、たまにはパリの街並とて眺めてみたくなるではないか。

期待が裏切られたまま、もうテュイルリだった。それも宮殿に立ち寄れるわけでなく、修復工事の模様を眺められるわけでもなく、まっすぐ調馬場付属大広間《マネージュ》だった。

国民公会《コンヴァンシオン》と名前は変えていたが、ルイとしても見知らぬ場所ではなかった。

憲法制定国民議会のときにも、立法議会のときにも、議会には足を運んだことがある。

ときに憲法を批准《ひじゅん》するため、ときに群集の暴挙に抗議するため、またときに蜂起《ほうき》の難を避けるため。

証言席は議席に囲まれるような場所にあった。左右とも議席は階段状に迫《せ》り上がる造りであり、挟まれた証言席は頭上が暗く、なんだか穴倉のような感じもした。

向かい合う位置で一段も二段も高く据えられていたのが議長席で、その日の議長はベルトラン・バレールという議員だった。国民議会の昔からいて、確かジャコバン派に近い人物だ。

議場のざわつきが引けるのを待って、バレールは始めた。

「ルイ・カペー、フランス国民はあなたを告発することになりました。議会も十二月三日には自らあなたを裁くことを、十二月六日にはあなた自身を召喚することを、それぞれ決議しております。これから、あなたが問われている犯罪に関する起訴状を読み上げたいと思いますので、その間あなたは着席していても結構です」

ルイが椅子《いす》に腰を下ろすと、バレールは自分の右手に目で合図を送ったようだった。進み出たのが書記官と思しき男で、早速起訴状が朗読された。

「一、一七八九年六月二十日の議会審議を中断させたことについて。
二、同年六月二十三日の親臨会議の決定について。
三、同年七月十六日の蜂起により鎮圧された貴族の陰謀について。

四、近衛隊《このえたい》の食事会について。
五、国民の徽章《きしょう》に加えられた侮辱について。
六、人権宣言ならびに多くの憲法条文の批准拒否について。
七、同年十月において新たな陰謀を白日の下にさらすことになった、五日、六日の出来事に続く諸事実について。
八、これら全ての出来事の後に示された和解と、誠実ならざる復旧の約束について。
九、一七九〇年七月十四日の全国連盟祭で立てられた嘘《うそ》の宣誓について。
十、反革命を企てたタロンとミラボーの働きについて。
十一、議員を買収するために用いられた金子《きんす》について。
十二、一七九一年二月二十八日における「短剣の騎士」たちの結集について。
十三、ヴァレンヌ逃亡事件について。
十四、シャン・ドゥ・マルスの銃撃事件について。
十五、ピルニッツ宣言に関して守られた沈黙について。
十六、アヴィニョンのフランス併合宣言を遅らせたことについて。
十七、ニーム、モントーバン、マンド、ジャレースの騒擾《そうじょう》について。
十八、亡命した近衛兵に給与が支払われ続けたことについて。
十九、亡命した王弟たちとやりとりされた秘密書簡について。

二十、国境に集結させられた軍隊の不十分さについて。
二十一、連盟兵二万人の予備役陣営設立に反対したことについて。
二十二、要衝の自発的な武装解除について。
二十三、プロイセン軍進軍の発表が遅れたことについて。
二十四、パリ市内における秘密部隊の結成について。
二十五、一七九二年八月十日朝に宮殿に駐屯《ちゆうとん》していたスイス兵団その他の観閲について。
二十六、それらの給与の倍増について。
二十七、テュイルリに市長を呼びつけた事実について。
二十八、その軍事衝突により、流血の事態が発生したことについて」
やれやれだ、とルイは思った。これが昨日十日に発表されたという、二十一人委員会の起訴状なのだろうが、真実初めて聞かされた。

特段に聞きたいとも、聞いてどうなるとも思わずにきたが、いざ聞かされれば、やはり閉口せざるをえなかった。

やれやれ、ぜんたい何年前の話まで、掘り返そうというのか。革命前の話まで、反革命の罪に問おうというのか。反対に革命に先がけて取り組まれた、私の改革的態度は少しも酌量されないのか。革命が起きた後の話にしても、ひどすぎるではないか。項目によっては、まるで関与していない出来事についてまで、罪を問われているではないか。ルイは溜《た》め息を吐《つ》きたかった。が、そうして内心を露《あらわ》にしては負けだとも、とっさに思うことができた。ああ、家族のことでないのなら、感情的になるまでもない。今こそ無表情の盾を取るのだ。生まれながらの王者の武器を、ここぞと役立てるのだ。

——しかし、なんのために……。

バレールが咳払《せきばら》いで、声を整えていた。いよいよ公判が始まるらしいが、誰が判事で、誰が検事で、誰が弁護士なのかわからない。

口を開くのは議長ひとりきりで、あとは議席の野次と傍聴席のざわめきだけという、明らかに変則的な裁判だった。で、それが、どういう風に進められるというのか。

「ルイ・カペー、お聞きのように、人々の自由を押しつぶし、圧政を押し立てんと、あなたが手を染めてきた数々の犯罪を、フランス人民は告発しています。まずは一七八九年六月二十日ですが、あなたは人民の代表たちによる議会審議を中断させ、のみならず暴力を用いて、議員を議場から排除しようとしましたね」

これは人民の主権への侵害にあたいします。そう責められれば、ルイとて思い出せないわけではなかった。

全国三部会の議場として、ヴェルサイユ市内に用意したのが、ムニュ・プレジール公会堂だった。一方的に「国民議会」を宣言した勝手を許すまいと、審議を妨害しようとしたことは事実だ。

　議員も排除しようとしたが、その際には修理の名目で、建物を閉鎖しただけである。役人と小競り合いの程度は起きたかもしれないが、暴力など用いていない。実際、こてんぱんにやられていたら、議員たちも場所を替えて、すぐさま「球戯場《ジュ・ドゥ・ポーム》の誓い」など立てられるはずがないではないか。

　ルイが言葉を選ぶうちに、バレールは先を続けた。

「六月二十三日、あなたは親臨会議における決定を強要するため、軍隊を派遣して、議員たちを取り囲みましたね。と同時に、全ての自由を破壊する声明を出し、議会の解散を命じましたね。これについて、なにか弁明はありますか」

　やはり覚えがないわけではなかった。親臨会議の決定を強要したのは事実だ。近衛隊は確かに送りこんだが、それもラ・ファイエットら開明派貴族たちに追い返されて、すごすご引き返してくる程度にすぎなかった。それよりなにより、銃剣云々《うんぬん》と最初に脅しをかけてきたのは、諸君らのミラボーではなかったのか。

　反論はいくらでも湧《わ》いた。弁明があるかと聞かれれば、それこそ一時間でも二時間でも、述べ続けることができた。しかし、だ。

「一七八九年六月当時、そうした行動を私に禁じる法律はありませんでした」

　証言台のルイは、そう述べるに留《とど》まった。

だいいちに気が遠くなる思いだった。議長バレールは一項目、また一項目と、洩《も》れなく取り上げていくつもりのようだ。いちいち細かく弁明したとするならば、何時間かかるか、いや、何日かかるか知れないのだ。

何時間でも、何日でも、述べる言葉には事欠かないが、あちらの議場はといえば、恐らくは静かに傾聴するわけではなかった。

むしろ弁明をひとつ多く述べるほど、ふたつ余計に野次が飛び、ふたつ声を興奮させれば、よっつ怒号を浴びせかけるという具合だ。それに何時間も、何日も堪えながら、二十八項目の全てを弁明してのける労苦となると、見事やりとげる気力に自信が持てなかったのだ。

――いや、それでも意味があるならば、断じてひるむものではない。

そう燃え立つ闘志を、まだルイは胸奥に隠していた。ああ、私なら音《ね》を上げない。冷静に、慎重に、なによりも粘り強く構えながら、根比べの持久戦こそ望むところだ。

――勝機がないわけでもない。

私は王者の態度を取ることができる。そうすることで、今年の六月二十日のように、人々を魅了することができる。ジロンド派であれ、ジャコバン派もしくは山岳《モンターニュ》派であれ、それら議員の人気を急落させながら、再び人々の歓呼のなかに舞い戻ることとて夢ではない。

——しかし、戻りたいのか、私は……。

バレールが次の尋問にかかっていた。ルイ・カペー、あなたはパリの人々にも軍隊を差し向けました。あなたの手勢のせいで、少なからずが血を流しております。本意でなかったと申されるかもしれませんが、バスティーユが陥落し、蜂起が拡大し、人民の勝利が確実となるまで、あなたは軍隊を撤退させずに留めたのです。

「なにか弁明はありますか」

「確かに私には武力を発動する権限がありました。しかし、流血を望む気持ちは皆無でした。ええ、もともと争いごとは嫌いなのです」

ルイは答えた。実際、もう闘争の日々は御免だった。

政治の世界が好きなわけでもない。そこに身を置くことが、幸せだとも思えない。勝てば確かに嬉《うれ》しいが、それで満たされるのは自尊心ばかりなのだと、その高《たか》も見極めている。ああ、本当の幸せは闘争の日々などには、ついぞ見出《みいだ》すことができなかった。

——私が望んでいるのは静かで、幸福な……。

戻りたいのは他でもない、傍目《はため》には悲惨なタンプルの日々だった。とすると、この国民公会の変則的な裁判で、いかに振る舞うべきなのか。

——無罪を狙《ねら》うか。

まずは困難といわざるをえなかった。起訴状を一瞥《いちべつ》すれば、わかる。はじめから有罪にするつもりの裁判なのだ。

逆境も覆《くつがえ》せないわけではないが、仮に可能であるとしても、妥当であるとは思えなかった。ああ、無罪こそ地獄だろう。すでに王でないとしても、かつて王であった人間が、罪もなく在り続けるなら、政治という代物は早晩すりよってくる。

ひょんな拍子に担がれるかもしれない。あるいは逆に、みせしめに用いられないともかぎらない。政治と無関係でいたいと願うなら、むしろ有罪とされるべきなのだ。それでこそ、はじめて区切りがつくと考えるべきなのだ。

――ならば口角泡を飛ばして、弁明するには及ばない。

それは、よい。有罪は受け入れる。が、どんな有罪か。

ルイが思うに、死刑を回避するのは簡単だった。国外に亡命している王党派だの、地下に潜伏しているフイヤン派だのは無論のこと、今も国民公会に陣取るジロンド派までが、実は自分の命を助けたがっていることも知っていた。

殺せ、殺せ、と声を嗄《か》らして叫んでいる民衆にせよ、本質的には王党派なのだ。ヴァレンヌ事件にあれほど激怒したというのも、国父なくしては不安で不安で、一日も堪えられなかったからなのだ。

――しかし、私の命など……。

ルイとしては、もはや固執するものではなかった。ああ、そんな哀れな男ではない。

ああ、誇りをもって声を大きくするに、この私は幸福を手にした男なのだ。

――大切なのは家族だ。

それこそはルイが到達した疑いえない真実だった。してみると、どうなのか。

バレールは尋問を続けていた。貴族の陰謀のこと、近衛隊の食事会のこと、国民の三色徽章に加えられた侮辱のこと、人権宣言のこと、十月の陰謀のこと、一七九〇年のこと。

「ルイ・カペー、あなたは一七九〇年七月十四日、記念すべき全国連盟祭において捧《ささ》げた宣誓を守りませんでしたね。それどころか、パリではタロンを、地方ではミラボーを動かして、反革命運動を鼓吹《こすい》し、世論を荒廃させようとしたのではありませんか」

「さあ、どうでしょうね」

「な、なんです……」

「いや、だって、議長さん、もう二年から前の話なんですよ。あの頃なにを喋《しゃべ》り、なにをして、なにをさせていたかなんて、はは、そう簡単に思い出せることですかね」

ざわめきが生まれた。立ち上がったのは微《かす》かな反感で、間違いないようだった。

その調子、その調子と、ルイは続けた。

「まあ、いずれにしても、私が憲法を批准する前の話でしょう。当時は私を罰する法なんかなかったということです。なにをしても許される身だったということ……」

「ふざけるな」

鋭い声が飛んできた。バレールではない。議席からか、傍聴席からか、いずれにせよ、野次の類《たぐい》だ。ああ、ふざけるな、ふざけるな、ルイ・カペー。だからこそ、きさまは罰せられるべきだというんだ。王であること自体が罪だったとされる所以《ゆえん》を、自分で証言したようなものじゃないか。

「フランスの敵なんだと、自分で認めようというのか」

「それとも気が咎《とが》めて仕方ないから、早く殺してほしいのか」

――まあ、そんなところかな。

ルイの心は決まった。有罪が決まり、けれど死刑を免れるなら、そのときは禁固になる。それが嫌だというわけではないが、必ずタンプルに戻れるという保証はなかった。ひとり家族から引き離されてしまうなら、それこそ生きている意味などない。逆に家族が生きてくれるなら、自分など死んでしまって構わない。

いや、下手《へた》に生き永らえたがために、かえって家族を危うくするなら、まさに本末転倒な話になる。自分が死刑を免れたため、国民の間に欲求不満が残るならば、そのときは怒りが家族に、わけても王妃マリー・アントワネットに向けられるのは必定《ひつじょう》だからだ。

――私が死んで、フランス人民が満足してくれるなら……。

死のう、とルイは心を決めた。そのためには、なにをすべきか。

まあ、適当に怒りを買うことだろうなと、答えを出したあとの気分は軽やかなものだった。だから、わからない人たちだなあ。ヴァレンヌ事件のことは、あのときの議員さんたちに話しました。改めて思い出せなんていわれても、面倒くさくて。いや、そりゃあ、テュイルリ宮に軍隊くらいはおくでしょう。ええ、私だって身を守ることくらいはします。ほら、なんでしたっけ、執行権の長というか、憲法が定めるところの国家の諸機関のひとつではあったわけですから、それも一種の義務だったんじゃないですか、模範的な国民としての。

23——気弱な政治家

「市民諸君、人民の代表者たち全ての賛意、全ての利益を容易に糾合《きゅうごう》できるはずの本問題が、対立と動乱の印としてしか表れてこないのは、いかなる運命の悪戯《いたずら》によるものでしょうか。共和国の設立者ともあろう人々が、なにゆえ暴君の処罰などをめぐって、ふたつに分かれなければならないのか」

十二月二十八日、ロベスピエールは国民公会《コンヴァンシオン》の演壇に立っていた。いや、どう説明されても、私は納得できません。私たちは等しく専制政治の恐怖に脅《おびや》かされています。また同じく神聖なる平等を確立せんと、熱意に燃えてもいるわけです。公《おおやけ》の利益と永遠の正義という大原則において、安んじて団結できるに違いないと結論する所以《ゆえん》です。

——それにしても、頭が痛い。

きんきんと声を張り上げるほど、ガンガンと頭蓋《ずがい》のなかで太鼓が打ち鳴らされているかの苦痛は、明らかに昨日の徹夜が響いたものだった。

それでも原稿は用意しなければならなかった。先延ばしにすることなど、ただの一日も許されない。新たな争点を提出されれば、返す刀ですぐさま反論しなければならない。ええ、もう遅らせることはできません。遅れるたび、新たな危険が訪れます。遅滞は邪《よこしま》な希望を蘇《よみがえ》らせ、自由の敵の不遜《ふそん》を励まし、この議会においてさえ不信の影と残酷な疑念を大きくしてしまうのです。市民諸君、諸君らに決断を急《せ》いているのは、それによって救われる祖国、まさに危機に瀕《ひん》した我らが祖国の声に他ならないのです。

「なにより、裁判はその最後の局面まで来ました。一昨日、自らの弁護にもうつけくわえる言葉はないと明言した被告の声を、諸君らも確かに聞いているはずです」

そうやって突きつければ、ざわざわと空気に波が立ち始める。不遜な無表情を貫くような議会も、少しは狼狽《ろうばい》の色を浮かべる。いうまでもなく、最後の局面まで来たその裁判、ルイ・カペー裁判こそは、現下最大の争点だったからである。

第二回公判は十二月二十六日に行われた。

第一回公判の最後に、ルイ・カペーは弁護人の設置を求めた。国民公会はそれを認め、第二回公判までにトロンシェ、マルゼルブ、ドゥ・セーズの三者が着任していたが、そのことも含めて、全ては手続きにすぎなかった。

本当なら第一回公判だけで十分だった。実際、ジャコバン派もしくは山岳《モンターニュ》派は、即時の結審を要求した。

ルイ・カペーはフランスの敵だという論理で行くなら、そもそも裁判さえ必要なかった。最終弁論はさせなくてはならないと、それを二回まで増やしたのは、いうまでもなくジロンド派の運動だった。

——この期《ご》に及んで……。

ジロンド派は執拗《しつよう》だった。裁判やむなしと容《い》れて、なお攪乱《かくらん》の手を抜かなかった。十二月十五日にも、ビュゾとルーヴェは左側の議席に座る元オルレアン公、フィリップ・エガリテをあけすけに見据えながら、ありとあらゆる王族の国外追放を叫んだ。が、それに応《こた》えたサン・ジュストの抗弁は、ずばり真相を突いていた。

「オルレアン家の運命を王の運命に結びつけるかの素ぶりを示す者がいます。これは恐らく、王族全員を逆に助けようとする企《たくら》みでしょう。少なくともルイ・カペーの裁判を食い止めたいとは考えているはずだ」

妨害、先延べ、時間稼ぎ、あげくにジロンド派が出してきたのが他でもない。

——「人民への呼びかけ《アペル・オ・プープル》」という争点だ。

最初に提案されたのが、ルイ・カペーの公判が終了した日の翌日、十二月二十七日の議会だった。出てきたジロンド派がサルで、元国王の有罪が決した際には科せられるべき量刑の如何《いかん》を直接人民に問うべきだ、ルイは処刑されるべきか、それとも投獄されるべきか、有権者第一次集会に諮《はか》らせるべきだと、そう新たな火種を出してきたのだ。

有権者第一次集会は、本来は国民公会議員選挙のために召集されるものである。フランス全国で四万四千を数える。全国津々浦々に至るまで、ただ開催させるだけで、すでに大仕事なのである。

あまつさえ、その各々に元国王の量刑を論じさせるなら、いよいよ意見の集約が難しくなる。ほとんど収拾がつかなくなるかもしれない。仮に全ての手続きが滞りなく進んでも、半年から一年の時間は簡単に浪費される。

またぞろの先延べ戦略というわけだった。

「いや、あまりに事務が煩瑣《はんさ》だというならば、議会は元国王の罪状と量刑を宣告する、それを正式な判決とするか否かの決定を国民に委《ゆだ》ねると、それくらいに単純化してはどうか」

今日二十八日の議会でも、ラボー・サン・テティエンヌは訴えた。サル提案に賛同し、さらに補強する演説だった。「人民への呼びかけ」に活路を見出《みいだ》し、ジロンド派は矢継ぎ早に攻勢をかけてきたのだ。

後に続いたのが張りきり屋のビュゾであり、もっと単純化して、有権者第一次集会に諮るのはルイ・カペーを殺すべきか、殺すべきでないかの一点だけでよいとした。

「にしても、なんたる考えでしょうか。たったひとりの男を裁くために、いや、その量刑を決めるためだけに、二千五百万の人民を動員して、四万四千の個別法廷を開いて、かくて構成される大法廷を設置するべきですって。そうまでして、ここに来て再び結審を遅らせて、その目的というのは一体なんなのですか」

そう声に出しながら、いよいよ不可解な印象がないではなかった。連中の躍起な様をみるにつけ、ロベスピエールは憤慨するより、むしろ首を傾《かし》げてしまうのだ。

食糧問題は解決していない。もとより戦争の最中《さなか》である。政治の停滞は許されない。無為無策だけは回避しなければならない。そのことはジロンド派とて理解しているはずなのに、元国王の裁判ばかりは別だといわんばかりに、どうして、こうまで後ろ向きなのか。

――なにかを恐れているようだ。

とも、ロベスピエールは感じていた。が、それまた解《げ》せない恐怖だった。元国王の裁判を引き延ばして、全体なにが救われるというのか。ルイ・カペーは有罪だけれど、その処刑は回避したいなどと、そんな歯切れの悪い解決に、どんな意味があるというのか。

そう自分に問いかければ、耳奥に蘇る言葉は確かにあった。

「甘い、かね。それとも生ぬるい。あるいは中途半端。はたまた不透明」

「そうはいいませんが……」

「ほどがよいのだよ、私の政治は」

そういったのは、ミラボーである。してみると、ジロンド派が躍起になって身を投じているのも、ほどがよい政治を実現するための戦いなのか。

なるほど、ルイ・カペー、大半の国民にとっては今なおフランス王ルイ十六世である男を殺せば、その衝撃は計り知れないものがある。

フランス国民は動揺する。もとより宣誓拒否僧の暗躍が深刻化している国情であり、きっかけにして内乱が勃発《ぼっぱつ》しないともかぎらない。

外国との戦争も激化する。すでにして自らの体制に投げつけられた挑戦状であるとして、諸王はこしゃくなフランス共和国など、いよいよ本気で潰《つぶ》しにかかる。

——だからこそ、後戻りできないのじゃないか。

ロベスピエールは、やはり譲れなかった。ミラボーの頃とは時代が違う。あの頃なら、ほどがよい政治も通用したかもしれない。が、もはや全てが進んで、抜き差しならないところまで来ている。

ミラボーに比肩《ひけん》できる器量人が、フランスの舵《かじ》を取るわけでもない。ああ、ジロンド派では駄目だ。自分ができるとも思わない。それは私の手法ではない。私にできるとするならば、全く別な方法になるだろう。

そう自分を取り戻せば、今度は別な声が聞こえてくる。

「ひとりの王を正当に懲罰しようとするとき、それが大事《おおごと》であるなどと動揺するなら、すでにして共和国を建設する資格もないといえましょう。事実、我々においては精神と人格の弱さこそが、自由を享受する際の最大の障害となるのです。弱さゆえに、誤謬《ごびゅう》は美化されてしまいます。真実さえもが、しばしば単なる好みに引きずられてしまうのです」

ロベスピエールを支えたのは、サン・ジュスト演説に他ならなかった。ああ、そうだ。ほどがよいなどという気弱な言葉で、今は誤魔化《ごまか》すべきではない。もとより、もはや誤魔化せる状況ではない。なお気弱に駆られるジロンド派は、断じて認められるものではない。

――なんとなれば、気弱ゆえに政治家は右傾化する。

左で鳴らした革命家も、政権を握るや、みる間に右の腹黒政治家になる。ミラボー然《しか》り、ラ・ファイエット然り、デュポール、ラメット、バルナーヴの三頭派然り、そしてブリソ、ペティオン、ヴェルニョーらのジロンド派然り。

ことごとくが左から右に流れていくのに、それを弱さと厳しく糾弾するのでなく、ほどのよさなどと達者な言葉で美化してしまえば、それこそ誤謬が罷《まか》り通る。

――気がついたときには、革命そのものが後退している。

だとすれば、現下の論争は上辺にみえる以上の危機だった。

ルイ十六世を生かしておいても、革命の成果が取り消されるわけではない。民心の安定とか、諸外国の慰撫《いぶ》とか、全ては政治の匙加減《さじかげん》にすぎないのだから、殺さないでおくのが利口だ。そうした論調ことごとくが、甘い見通しに基づいたものでしかない。ルイ・カペー裁判の如何はフランスの運命にとって、そのみかけ以上の瀬戸際《せとぎわ》なのだ。

24――有徳の少数派

「遅らせているのではない。慎重になろうといっているのだ」

「横着だぞ、ロベスピエール。第一次集会の召集が必要な措置であるならば、その手間を惜しむべきではあるまい」

野次が投げつけられていた。右の議席からだ。目で確かめるまでもなかったし、それどころでもなかった。

ロベスピエールには、わかった。左の議席、それも最上段の席に座しながら、サン・ジュストが我が身に強い眼差《まなざし》を注いでいた。まっすぐな若さは分別臭い大人の方便など断じて認めず、今この瞬間にも利口な退路を断とうとしている。ああ、そうだ。もはやミラボーの時代ではない。それが証拠に、あの男はもう墓場だ。いや、その裏切りが人民の怒りを招き、もう墓場にすらいられなくなっている。その遺体は棺桶《かんおけ》から引きずりだされて、ほとんど塵《ごみ》同然に捨てられている。

「だから、横着などではありません。『人民への呼びかけ《アペル・オ・プーブル》』を行わなければならない、そもそもの意味を私は問うているのです」

そう声を高くしながら、正直ロベスピエールには今も迷いがないではなかった。根本の動機は退けることができる。が、目の前の議論は議論として、論法は論法として、変わらず高い壁であり続けていた。ジロンド派の「人民への呼びかけ」が厄介なのは、上辺の理屈としては民主主義的だからだった。

「民意を尊重しろ」

そう切り返されては、ジャコバン派も弱かった。元来が民意に支えられてきた党派だからだ。

こたびのルイ・カペー裁判にせよ、直接民主主義の表現とばかりに、議会に圧力をかけてくるパリの人々に後押しされて、結審を急げ、死刑にしろと運動を展開してきた。その同じ理屈を逆手に取って、ジロンド派は自らの先延べ戦略に利用してきたのだ。

「しかし、本当に理解にいたっていないのですか。これは国民公会《コンヴァンシオン》そのものを破壊する企てなのですよ。有権者第一次集会が召集されれば、貴族の陰謀とか、フイヤン派の野望とかが、その場を支配しないともかぎらないのですよ」

大袈裟《おおげさ》な脅しを口にしたつもりはなかった。それは現実の危惧《きぐ》だ。八月十日に驚き、九月虐殺に恐れをなして、地方に逃れた王党派、フイヤン派は実際に少なくないのだ。

そのことを考えるなら、「人民への呼びかけ」は単なる時間稼ぎの手続きではないともいえた。様々に議論されれば、有権者第一次集会からどんな結論が出てくるか、容易に知れたものではなかった。それほど複雑な選択肢を与えるつもりはないと、ジロンド派なら即座に反論するだろうが、それでこそ王の死刑が拒絶される公算が高くなるのだ。

——そのことを誰も指摘しない。

ジロンド派は、もちろん声を上げなかった。死刑回避こそ、本意だからだ。少なくとも、許容の範囲とは考えている。絶対に許されないとは思っていない。

「その不実な了見に都合がよいよう、あらゆる論点について議論を誘導しないともかぎりません。いや、議論の流れで共和国の設立まで疑問視させるかもしれません。廃位された王の問題と自《おの》ずから結びつく問題なわけですからね」

「まさか王政が復活するというつもりか」

「謝れ、ロベスピエール。フランス国民はそれほど愚かではないぞ」

また野次が飛んできた。当然の野次だ。無理に話を大きくしたかなと、さすがに今度は自身も気が咎《とが》めていた。

仄《ほの》めかすのが精一杯のことで、ロベスピエールとしても危惧を明言することはできなかった。はじめから死刑を回避しかねないというならば、有権者第一次集会の良識を疑うことに、つまりは民意を馬鹿にすることになるからだ。その意思に立脚するジャコバン派もしくは山岳《モンターニュ》派の行動原理を、自ら否定することになるのだ。

――しかし、実際に地方は……。

信じられないというのが、ロベスピエールの本音だった。パリの直接民主主義は信じられても、地方の直接民主主義は信じられない。パリから追放された王党派が散らばり、フイヤン派が隠れ、また宣誓拒否僧が幅を利かせる今の事情あるのみならず、地方というのは根本的に政治意識が低いからだ。

――けれども、やはり、そうは口に出せない。

理屈には理屈で返さなければならない。ああ、パリと地方の優劣を論じるのではなく、直接民主主義と間接民主主義の長短を論じなければならない。

ロベスピエールは演説を続けた。ええ、今こそ主権の行使というものを考えましょう。代議制の利便というものを考えましょう。

「主権者の意思というものについて、もし諸君らが良心的な敬意を持つとするならば、その敬意を払う術《すべ》をも覚えなければなりません。つまり、諸君らは自らに委ねられた使命を果たさなければならないのです。人民に訴訟を裁くための時間があるなら、あるいは国家の諸問題を決定する時間があるなら、そもそも自分たちの利害の調整を我々に任せたりはしていないのです」

唱えたのは、法理論上の議会の優越に他ならなかった。

正しく選ばれた議員は国民の代表である。よって、議員たちの投票でなる議会の決定は、主権者である国民の意思である。改めて論じるまでもない自明の理であれば、ロベスピエールは我ながら弱いと感じた。

実際に敵は説得されてくれない。

「それくらい、みんな、わかっているぞ」

「民意を問いたいとの訴えが、なにゆえ支持を集めるのか、よく考えてみろ。議会をもってしても手に余るくらい、こたびのルイ・カペー裁判が持つ意味が大きいからではないか」

「しかし、そのことに臆《おく》してよいのですか」

ロベスピエールは話を変えることにした。というより、踏みこむ覚悟を決めた。

そこまで論を進めてよいのか。進めたとして、今以上の説得力を振るえるのか。疑問は残らないではないが、ここまで来て無難に後退するわけにもいかないのだ。ええ、ひとつ視点を変えてみることにしましょう。議会と人民でなく、多数派と少数派というような、これまでは用いてこなかった分け方で、ひとつ話をしてみましょう。

「多数派というのは、良き市民の集団のことになります。しかし、多数派は常に同じわけではない。特定の党派に属するものではないからです。ひとえに公の自由と永遠の理性の僕《しもべ》でしかないがため、議論が戦わされるごと入れ替わりもするはずです。そして、しばしば起こることですが、集団には間違いを犯す場合もあります。そのときは、どうなるか。少数派こそ多数派になるのです」

ざわと議場に波が立った。異変を感じとったのだろう。空気が再び落ち着きをなくしたのが、わかった。が、野次が飛ばされるわけではない。

――反感を招くほどの理屈は述べていない。

それでも不穏な気配はあるのだろうなと、ロベスピエール自身も察しないではなかった。というのも、一般意思とは闇《やみ》取引で成立するものではありません。闇議の卓で造られるものとも違う。

「少数派です。少数派こそ至上にして永遠の権利を持っています。それは真実の声を、あるいは真実と思われる声を、皆に理解させるという権利です」

「なんの話だ」

ようやく野次が飛んできた。さしあたりは不可解を不平にするしかなかったらしい。構うことなく、ロベスピエールは続けた。

「この地上において、徳は常に少数派のもとにありました。少数派なくしては、地上には暴君と奴隷しかいなくなるでしょう。チャールズ一世に反抗したハムデンや、チャールズ二世の暗殺を試みたシドニー、かかるイギリスの両名は死刑台のうえで息絶えているがゆえに少数派だったといえるでしょう。賢人ソクラテスを裏切ったアテネの暴君クリティアスのごとき、かの賢人を訴追さえしたアニュトスのごとき、あるいはキケロの敵であったカエサルやクロディウスのごときにしても、こちらは全てが多数派だったといわれなければなりません。毒人参《どくにんじん》を飲んだがゆえに、もちろんソクラテスのほうは少数派です。臓腑《ぞうふ》を引き裂かれたがゆえに、またカトーも少数派といえるでしょう」

「だから、どうした。議会も勇気ある少数派たれということなのか」

「ですから、議会が少数派、人民が多数派と、そういう分け方で話すのはやめたいというのです。議会のなかにも多数派はいる。人民のなかにも少数派はいる。ただ形式的に人民主権を尊重しても、そのことに意味などないというのです」

「山岳派お得意の暴言か。にしても、多数派が常に誤ると決まったわけではあるまい。有権者集会が必ず暴君に支配されるわけでもない」

「だとしても、どうか忘れないでください。少数派が唯一念頭に置いているのは、多数派を惑わせようと謀《はかりごと》を巡らせている卑劣漢を、どうやって震え上がらせようかと、ただそのことだけなのです」

「なにがいいたい、ロベスピエール」

「平板だ。なんと平板な演説か」

「ああ、なんの説得力もない。議員のほうが見識が高い。一般の国民は惑わされやすい。そんな、ごくごく当たり前の話をして、全体なんの意味があるのだ」

醜く濁るような声が充満し始めた。切口を変え、さらに論を進めたからとて、やはり議会は圧倒されるわけではなかった。

それでもロベスピエールは思う。なんの意味もないとするなら、諸君たちはどうして、そうまで怯《おび》えるのだ。その実は良心が咎めるからではないのか。ジロンド派は自ら少数派であることを止《や》め、多数派に紛れこむことで、自らの過失を誤魔化そうとしているからではないのか。その徳なき本音を、容易に堕落してしまう本性を、そのまま反革命にさえ共感してしまいかねない素顔を暴かれてしまわないかと、そう思うだけで怖くて仕方ないのではないのか。

心のなかで返しながら、それをロベスピエールは声に出すわけではなかった。

やはり迷いは払拭《ふっしょく》できていなかった。といって、ジロンド派などに惑わされたわけではない。こだわらないと決めて、なおミラボーの声は耳奥に鳴り続けたのだ。

「反革命と独裁政治は、どちらも今から恐れるべきだといっているんだ。どちらに傾いても、人民は不幸になる。王侯貴族が復権したり、あるいは革命の理想が十全に守られたり、そうした目的が遂げられることがあったとしても、このフランスが幸福になるわけではない」

そうじゃない。そういう話をしているのじゃない。徳ある少数派は多数派に代わりうるというのは、なにも独裁政治を志向するものじゃあ……。

上辺は強硬に論じながら、その実のロベスピエールは胸奥に弁明の言葉を並べなければならなかった。ほとんど必死の弁明だったが、幸いにして、まだ誰にも気づかれてはいなかった。

25――人民への呼びかけ

一七九三年一月十六日、その日の議会はさながら劇場のようだった。

議会は確かに劇場で、そもそも政治に勝る芝居などないのかもしれなかった。見物の客がいるのも当然であり、そのために普段から傍聴席も広く設けられている。

それでも普段であれば、単なる娯楽の殿堂ならざる緊張感は損なわれないはずだった。国権の最高機関なのだと一種の高尚さが漂うことで、市井《しせい》の劇場からは自《おの》ずと一線を画されてきた気がするのだ。

――それがここ数日は、なんだかだらしない風だわ。

傍聴席のひとつを占めながら、ロラン夫人は思わずにいられなかった。

いつもと違うといえば、立錐《りっすい》の余地もないくらいの人出は、それとして特筆されるべきだった。物見高いパリの輩《やから》は無論のこと、どことなく野暮な服装で地方から出てきたことを白状している連中も少なくなかったし、なかには体格だとか、髪の色、肌の色だとかまでを違えて、明らかに外国人と思われる人々も少なくなかった。

——けれど、それだけじゃあ、こうは落ちない。

劇場のようだといえば、小僧よろしく書記が走り回るところも、また瓜《うり》ふたつだった。荷物をおき、あるいは目印を置くことで、あらかじめ座席を確保しておき、それを立ち見などまっぴらという貴婦人たちに紹介することで、いくらか心づけを包んでもらうという、あの小僧たちの話だが、国民公会《コンヴァンシオン》でも座席がいっぱいになってしまうや、書記たちが同じ方法でちゃっかり小遣いを稼いでいたのだ。

また自分も小銭を包んだ口だったが、感心できないものは、やはり感心できない。議会の傍聴席ともあろう場所に、常ならず女の姿が多いのも、ロラン夫人には気に入らない点だった。

桟敷席《さじきせき》そっくりの雰囲気になっているというのも、紳士に手を引かれた場違いな手合いが、持参のオレンジを摘《つま》み、あるいはプチ・パンを齧《かじ》りながら、その口許《くちもと》を押さえて、くすくす笑い続けているからなのだ。

——あなたたちのような女に政治がわかるの。

あなたたちのような女に傍聴の資格があるの。自分が守ってきた聖域に、泥靴で踏みこまれたかの不快感まで感じていれば、折りからの議会工作の不調までが、そうした身のほど知らずの女たちのせいであるかの気がしてくる。呼んでもいない輩ばかりが詰めかけて、いてほしい人間には逐電《ちくでん》されていると思えば、いや増して業腹《ごうはら》である。

――ダントンが来ていない。

煙草《たばこ》の煙が立ちこめていた。めげずに議席に目を凝らし、ロラン夫人は一番に確かめた。が、あの巨体はみつからない。この数日、みていない。

調理された大蒜《にんにく》やら、度数の高い蒸留酒やら、香辛料を利かせた腸詰やら、刺激の強い臭《にお》いも一面に漂っていたのだが、それに負けずに顔を前に突き出しても、やはりみつけることができなかった。左側の議席も、やや中央よりという定席にはいなかったし、そこを離れて、ふらふら右側の議席に向かい、なにやら談判という様子もみえない。

――嫌な風向きだわ。

と、ロラン夫人は思わずにいられなかった。

危険な場所には居合わせない。利口で先が読めるというより、妙に鼻が利くところがある。そのダントンが来ていないということは、なのである。

無理からぬ事情はあった。昨年十一月の談合は失敗していた。

やはりといおうか、ジロンド派はダントンを受け入れようとはしなかった。一部に執拗《しつよう》な反対があったことも事実だが、それよりも十一月二十日にロランが発見した「鉄箱文書」の騒動で、それどころでない雰囲気のほうが強くなった。

ダントンは引き下がった。もとより法務大臣時代の会計を問題視されたばかりであり、それなら議会にいても仕方ないと考えたか、それとも一流の直感でなにかを察知したのか、いずれにせよ自らベルギー戦線の視察を志願し、同僚議員ラ・クロワと一緒に出張することに決めたのだ。

調停者ダントンの不在こそ、あるいは根本の原因なのかもしれないが、事実として大男が留守にするや議会は揉《も》めた。十二月二十八日のロベスピエール演説に対抗するべく、三十一日、ジロンド派の切り札ともいうべき雄弁家ヴェルニョーが登壇したが、そのことで混乱の度は、かえって深まるばかりになった。

「人民はその主権から派生したものとして、議会の決定に協賛する権利、ならびにそれを改定する権利を保有しています。かかる権利を人民から奪うならば、その主権を剝奪《はくだつ》することになるでしょうし、また犯罪的な簒奪《さんだつ》行為を通じて、それを代議機関の指導者に移管することにもなりかねません」

かくて「有徳《ゆうとく》の少数派」という考え方を否定、王から不可侵性を奪い、その裁判を成立させうるのは、むしろ人民だけであると、ヴェルニョーは前段の議論まで蒸し返しながら、再び「人民への呼びかけ《アペル・オ・プープル》」を後押ししたのだ。

年が明けた一七九三年、一月一日にはブリソが、二日にはジャンソネが、三日にはペティオンが登壇して、さらに有権者第一次集会による裁判結果の批准《ひじゅん》を議会に訴えた。ジャコバン派もしくは山岳《モンターニュ》派からもカラが出て、あちらはあちらで国民公会が裁くべし繰り返した。

ジャコバン派、ジロンド派ともに、まさに死力を尽くした戦いだった。が、どちらも決定的な論調は作れなかった。

——あんな観念論ばかり戦わせても……。

ロラン夫人が嘆息した矢先だった。

一月三日、ジャコバン派のガスパランがガデ、ジャンソネ、ヴェルニョーらを告発した。なんでも、友人にボーズという元宮廷画家がいるが、このボーズに聞かされた話として、一七九二年八月十日の直前にルイ十六世と結託せんと、三人は働きかけを繰り返していたというのだ。

元宮廷画家ボーズも傍聴席に来ていて、すぐさま召喚されることになり、自らがジロンド派の領袖《りょうしゅう》たちに頼まれて、王の侍従ティエリに面会したこと、秘密の覚書が王に渡る手筈《てはず》を整えたことを証言した。

——でも、八月十日より前の話でしょう。

王政はまだ倒壊していなかった。ルイ十六世は正統な国家の執行権者だった。政治の安定のために提携を模索して、全体なにが悪かったというの。あんな出鱈目《でたらめ》な蜂起《ほうき》に訴えるつもりはなかったんだから、ジロンド派としては当然の動きじゃないの。

抗弁なら後から後から、いくらでも湧《わ》いてくる。それだけにロラン夫人も認めないではいられなかった。もう落ち着いてなどいられない。これこそは決定打だ。輝かしい観念ではなく、泥臭い政治の現場を告発されてしまえばこそ、返す言葉のことごとくが虚《むな》しくなるのだ。

一月七日、国民公会はルイ・カペー裁判に関する討論を中止し、審議の延長を決めた。左右ともに決定打のない論争に、中間の平原派《プレーヌ》が辟易《へきえき》した事情もあったが、それはジロンド派としても望むところだった。

議会の場で公論を戦わせることは、もはや得策ではなかった。決着をつけられるとするならば、むしろ楽屋裏の戦いにおいてだった。

祖国の英雄デュムーリエ将軍も、十二月末にはパリに戻り、ジロンド派のための運動に奔走した。同時に地方への働きかけも強め、実際「パリの煽動者《せんどうしゃ》たち」に対しては多くの地方から、抗議、苦情、告発の声が上げられる運びとなった。

ジロンド派が動かなくても、フランス中が熱を帯び始めていた。共和主義者も穏健派たちは、ここぞと小冊子をばらまいて、なかにはルイ・カペーに同情的な意見までみられた。

王党派もどこからともなく現れて、議員の買収工作に励んだ。ヴァンデ、イール・エ・ヴィレーヌ、アルデーシュ諸県では、いよいよ反乱が起きたとも報じられた。

26――投票の行方

一触即発の空気は高まるばかりだった。あちらのジャコバン派もしくは山岳《モンターニュ》派にしても、一歩も引かない構えだったからだ。

「祖国が生きねばならないなら、ルイは死ぬべきなのだ」

ロベスピエールの過激な言葉は相変わらずだった。

輪をかけた暴論を書き殴るのが、『人民の友』あらため『フランス共和国日報』のマラや、『デュシェーヌ親爺《おやじ》』のエベールという連中だった。

それらを鵜呑《うの》みに、議会が動かないなら俺たちの手で解決してやると、それがパリ諸街区《セクシオン》の声になった。仄《ほの》めかされたのは九月虐殺よろしく強硬手段であり、ルイ・カペーが死刑にならないことがあれば、そのときは我ら民衆が蜂起《ほうき》する、議会からも信任を奪ってやると息巻いたのだ。

ルイ・ルジャンドル、ルペルティエ・ドゥ・サン・ファルジョーといった指導者格まで声を荒らげたことで、ジャコバン・クラブにおいてさえ暴論が幅を利かせ始めた。危ない、とロラン夫人は呻《うめ》かずにおけなかった。危ない。どう転んでも、危ない。

――そこにダントンが帰ってきた。

まさに救世主にみえた、とロラン夫人は今も思い出すことができる。大嫌いな男だが、やはり認めざるをえない。今しかないという時を捕えて、ベルギー出張から戻ったのだから、その政治的感性には舌を巻かざるをえない。

留守にして、それまでの論争に加わらなかった経緯までが、この人しかいないと思わせていた。調停を頼まない手はなかった。

というより、ダントンのほうから接触してきた。ぶらりという感じで訪ねてきて、パリの様子は聞いた、ジロンド派を召集してくれ、ここで手を打たないと大変なことになるぜ、と談合を持ちかけてきた。

「…………」

一月十四日、国民公会はルイ・カペー裁判を結審するべく、三点について投票を行うことを決定した。

「ひとつ、ルイ・カペーは、国民の自由に対する陰謀と国家の安全に対する加害の容疑について、有罪か否か。

ひとつ、判決は、それがいかなるものであれ、人民の批准《ひじゅん》を得るべきか。

ひとつ、いかなる量刑が科せられるべきか」

一月十五日、国民公会は予定通りの投票に着手した。

――その結果が……。

有罪か無罪かについては、ほとんど形式的な投票だった。現職の議員総数七百四十九人のうち、六百九十一人までがルイ・カペーを有罪とした。

――問題は「人民への呼びかけ《アペル・オ・プープル》」についてだ。

賛成が二百八十七人、反対が四百二十四人という結果で、ジロンド派が提案した人民による裁判結果の批准は退けられた。

票決に際しては、ジロンド派の投票からして分裂した。コンドルセ、カラ、ボワイエ・フォンフレード、デュコはじめ、全体の四分の一ほどが反対に回り、ジャコバン派の主張に従う形になった。

――だから、いわないことじゃない。

またもジロンド派は談合の機会を蹴《け》っていた。ダントンの手を払い、ジャコバン派との調停を断ることで、自ら投票で雌雄を決する道を選んだ。

ダントンが二日というもの議会を欠席しているのは、その流れから仕方ない。が、臍《へそ》を曲げられたからといって、それを子供じみていると責められた義理でもない。その結果はジロンド派にとっても、全体どうだったというのか。

「いや、ロラン夫人、ここは正々堂々と勝負するべきだと思います」

「ええ、我らの不利と決まったわけじゃない。情勢を読めば、むしろ有利なんじゃないですか」

「なにより、こういう談合めいた話は懲《こ》り懲《ご》りですよ。八月にルイ十六世と結ぼうとしたことがばれて、議会で窮地に立たされたばかりですからね」

「ええ、ロラン夫人、せっかくのお勧めですが、今度ばかりは聞けません」

その結果がどうなのだと、ロラン夫人は問いたいのだ。

ダントンの申し出を受けていれば、これほど無残な結果にはならなかった。あるいは「人民への呼びかけ」を取り下げざるをえない結果は同じだったかもしれないが、ジャコバン派の主張からも割り引いて、なんらかの妥協は手に入れられるはずだった。

少なくとも、はっきり数字に表れるような、弁解の余地もない敗北にはなっていない。なのに、ひとのいうことを聞かずに、勝手に勝負に突き進んだあげくが……。中間派《プレーヌ》を取りこむどころか、ジロンド派をまとめることさえできないくせに……。

――党派を束ねる指導者がいない憾《うら》みなのか。

ブリソ、ペティオン、ヴェルニョーと、指導者格は何人かいる。が、一種の集団指導体制で、ジロンド派にはこれと決まった指導者がいるではなかった。わいわい、がやがや、和やかに懇談するのが常の党派に、家父長的な厳格な存在はそぐわなかったからだ。

——しかし……。

と、ロラン夫人は思う。だからこそ、私がまとめてきたのではないか。ゆるやかに縛ることで、ジロンド派を一個の党派として前進させてきたのではないか。その私のいうことが聞けないというの。女だから、聞けないというの。女は指導者になれないというの。

「まあまあ、ロラン夫人、まだ負けたわけじゃありませんよ」

「ええ、まだ明日の投票が残っています。ええ、最大の勝負は明日ですよ」

ブリソが宥《なだ》め、ペティオンが諭《さと》した。

事実、十五日の議会は最初の二点を票決して、もう時間切れとなった。第三点のルイ・カペーに科せられるべき量刑については、十六日の審議で問われることになったのだ。

——それが今まさに始まろうとしている。

やはり議会は、どこか弛《ゆる》んでいるようにみえた。飲み食い、お喋《しゃべ》りに興じる傍聴席のみならず、また議席の空気もピリッとしたところがなかった。

もちろん議員の大半は真剣顔で臨んでいた。なおガヤガヤしていたが、吐き出さずにいられない言葉があるなら、それはよい。ニヤニヤ笑いで白い歯をみせる輩《やから》となると、もう皆無といってよい。なるほど、今こそ勝負の瞬間と心得ているからには、笑ってなどいられるわけがない。が、しかつめらしく振る舞われるほど、議員たちも芝居小屋めいた議会に劣らず役者めいて、やはりロラン夫人としては少しも安心できなかった。

真剣味が足りないというか、現実がみえていないというか、無邪気な楽観に逃げこんだままというか、いずれにせよ致命的な油断を抱えて、それが弛んだ印象になっている気がしてならないのだ。

議長ヴェルニョーに促されて、一番に登壇したのはジロンド派のルアルディだった。投票に先がけて提案したのが、可決とみなされる票数の確定についてだった。

「これだけ重大な投票であるからには、三分の二以上の得票をもって、可決としたいと思うのですが、いかがでしょうか」

なるほど、まだ負けたわけではない。手を拱《こまね》いていたわけでもない。ブリソやペティオンが慌てなかったはずで、事前の手応《てごた》えで、最悪でも接戦というところまでは持ちこめたようだった。

すなわち、可決の条件を三分の二以上の得票に設定できれば、死刑は回避できる。半数前後までは、すでに反対に回らせている。

そこまで考えたときだった。ロラン夫人は胸を衝《つ》かれた。

「異議あり、異議あり」

地獄の底から響いてきたかの低い声だった。それが並外れた声量を利して、通ること、通ること。ロラン夫人は覚悟を決めなければならなかった。

――ダントンだわ。

いつの間に来たのだろう。政治の嗅覚《きゆうかく》に優《すぐ》れた動物のような、あの男がやってきた。十四日、十五日と議会を欠席していたのに、この十六日になって、とうとう姿を現した。その意味するところは、なにか。またジロンド派を助けてくれるのか。それとも今度という今度こそ見捨てて、逆に奈落の底に突き落としてやろうというのか。

「三分の二なんか必要ねえ。可決は過半数でいいじゃねえか。半数のうえに一票でものっかれば、それで可決で問題ねえじゃねえか」

27——新たな武器

議会は大荒れとなった。ルイ・カペーの量刑を決する以前に、可決とみなされる票数の確定について、侃々諤々《かんかんがくがく》の議論が戦わされることになったからだ。

またしてもジロンド派とジャコバン派の闘争になった。これに平原派《プレーヌ》が辟易《へきえき》する形で投票に持ちこまれ、最後はダントン提案を容《い》れることに決した。

——まずいのじゃなくて。

ロラン夫人としては、案じないではいられなかった。

ダントンの提案はジャコバン派もしくは山岳派《モンターニュ》のためを計らうものである。当たり前だ。ジロンド派には再度の申し出まで蹴《け》られているのだ。してみると、もはや絶体絶命の危機ではないのか。

死刑を求める票は、全体の三分の二までは届かない。しかし、過半数には届くかもしれない。これだけ揉《も》めたからには、ジロンド派、ジャコバン派ともに、それが水面下の票読みなはずだった。

「………」

　可決票数が確定した時点で、すでに議会閉会の定時はすぎていた。が、これ以上の遅滞は許されないとの話になり、しばしの休憩を挟んで、午後七時半に審議を再開、すぐさま投票が開始され、予定通り第三点の票決を行うことに決まった。

　その休憩の間に、ロランが閣僚席を離れて来てくれた。

「なんとかなりそうだよ」

　と、それが耳打ちした話の内容だった。ああ、ブリソも、ペティオンも、自信を持っているようだね。過半数で勝負して、なお勝算がないではないそうだ。欠席者の数、棄権者の数と不確定要素はあるが、うん、まあ、きっと勝てるよ、ジロンド派は。

「本当ですか」

　議長ヴェルニョーは最初に投票総数を発表した。現職の議員総数七百四十九人のうち、十五人が公務で、七人が病気で、一人が原因不明で欠席し、さらに五人が棄権したので、投票総数は七百二十一人となる。過半数は三百六十一人だ。

　投票は各県ごとに行われる仕組みだった。オート・ガロンヌ県の議員が最初で、ガール県の議員が最後ということになる。

　演壇に議員の列ができていた。それが容易に流れなかった。ひとりずつ登壇して、しかも何事か喋《しゃべ》るからだ。端的に投票先を明らかにして終わるのでなく、これを機会に演説を試みて、そのうえで投票し、また余人の投票を左右しようとするのも、全て議員の自由意志に任されているのだ。

こたびも投票は指名点呼だった。八月十日の深夜、臨時執行評議会の閣僚を選任したときにも採用された、あの方法である。議員ひとりずつが壇上に上がり、自らの考えを表明するもので、強硬に主張したのは、こたびはジャコバン派のマラだった。

——これだから、本当にうまくいくのかと確かめたくなる。

夫に請け合われて、ロラン夫人が楽観できない理由が、それだった。

無記名投票なら別だ。が、それが指名点呼であるかぎり、ジロンド派は有罪を主張するけれど死刑には反対と、そういわなければならなくなる。

日和見《ひよりみ》が常の中道平原派ならさておき、常に議事を牽引《けんいん》しようという党派の態度としては、どうか。あまりに中途半端なのではないか。少なくともジャコバン派には、そう責められざるをえないのではないか。

演壇に進んでいた議員は、ジャン・バティスト・マイエだった。確かオート・ガロンヌ県の選出で、立法委員会の一員である。ジャコバン派ともいわれてきた。

「ですから、死刑に賛成です。しかし、執行猶予をつけるべきだと考えます」

ロラン夫人は瞠目《どうもく》した。ええ、それが公《おおやけ》の利益となるかどうかを定かにするための議論が、やはり必要だと思われるのです。そう続けられるまでに看破もした。これだったかと。仲間の自信の理由は、これだったのかと。

——執行猶予こそ新たな武器だったんだわ。

これならば、切り崩せる。指名点呼でも声に出せる。有罪を主張し、その量刑も死刑にするべきだと思うけれど、執行猶予だけはつけたい。その実は時間稼ぎの口実であり、先送りの方便でしかないが、否決された人民による批准《ひじゅん》の代替と考えれば、これまでの方向性から逸脱しているわけではない。

票決は、やはり接戦になりそうだった。ジャコバン派もしくは山岳派を旗振り役に、死刑という声はやはり多かった。圧倒的な多数で有罪とされているのだから、あらかじめ予想された事態だったが、穏便な措置で終わらせたいとする声も、ロラン夫人が意外と呻《うめ》いてしまうくらい、また少なからぬものだったのだ。

単純な投獄となると、まだ二票でしかない。多かったのが、今の戦争が終わるまでは監禁、それから国外追放に処するという、なんだか用意周到な意見だった。

偶然の一致ではありえない。中道平原派を主軸に、事前に打ち合わせがあったようだ。シェイエスあたりが音頭を取ったのだろうが、これまた食えない一団だった。ジャコバン派にも、ジロンド派にも決定的な優位を許したくないと、しばしば独自の動きをみせる。

——けれど、それを察知できれば動きようもある。

死刑の声は圧倒的な多数ではない。だからこそ、ルイ・カペーの死刑は求めるが、執行猶予もつけたいという意見が、自動的に重くなる。

ほんの五十票もあれば、とりあえず即時の処刑は回避できる。首尾よく時間を稼いでから、じっくりじっくり平原派を攻略していけばよい。

指名点呼による投票は続いていた。

「ウール県選出、フランソワ・ニコラ・レオナール・ビュゾ君」

「ルイ・カペーには死刑が与えられるべきと思います。しかし、執行猶予もつけられるべきかと。ええ、ブルボン一族を国外追放した後でも遅くはありません」

「ウール・エ・ロワール県選出、ジャック・ピエール・ブリソ君」

「執行猶予つきで死刑、これが妥当な判決と考えます」

「ウール・エ・ロワール県選出、ジェローム・ペティオン君」

「死刑でなければ、裁判を起こした意味がないと思います。ええ、ひとつのけじめというわけですが、それでも現下における内外の状況を考慮しますと、刑の執行については猶予をつけたほうが賢明かと。ええ、戦争が終わるまでは、よろしいのじゃないですか」

続いていたのは、順当な投票でもあった。ああ、際《きわ》どい勝負になる。けれど、このまま執行猶予を求める声が重なれば、ジロンド派は勝ちを拾える。

——しかし、ダントンは……。

ジロンド派の敵だった。あからさまに敵に回った。とすると、負けるような勝負に、わざわざ出てくる男か。十四日、十五日と欠席しておきながら、今日十六日になって議会に姿を現したからには、相応の勝算があるのではないか。あるいは勝算というほどのものでなくても、あの嗅覚でなにか嗅《か》ぎつけたのではないか。

——いや、やめよう。

と、ロラン夫人は思い返した。ダントンには、なにかある。それは、ありえない話ではない。が、大方がこちらと同じで、接戦になるとの票読みを得たのだろう。だから、可決を過半数で押さえようとした。が、こちらは執行猶予という新戦術で、その上前を撥《は》ねたのだ。

不安は完全に払拭《ふっしょく》されたわけではなかった。けれど、もう止《や》めようと、ロラン夫人は繰り返した。

なにかあるにせよ、パリ県選出議員の投票は、まだまだ先の話だった。ひとりずつ登壇して、いちいち自分の意見を述べ、あるいは余人の投票まで左右したいと、演説原稿まで用意してくる議員も少なくないのだから、七百二十一人を数える議員全員の投票自体が、気が遠くなるような作業なのだ。

傍聴席のみならず議席までが飲み食いを遠慮しないというのも、そのせいだった。ああ、ゆっくり構えないでは始まらない。ダントン、そしてロベスピエール、マラ、デムーランと、問題の議員が続々と登場するパリ県の順番は、どれだけ早くみつもっても、日付が変わった後になるだろうから。

実際のところ、まだ順番はジロンド県だった。

議員を呼び出す議長も、またジロンド県のヴェルニョーであり、それは緊迫するどころか、和気藹々《わきあいあい》とした場面であるはずだった。

「ジロンド県選出、マルグリット・エリ・ガデ君」

「死刑に賛成いたします」

少し沈黙が続いた。議長席のヴェルニョーは問いたげな顔だった。それで、と先を促す言葉までかけそうだったが、ガデのほうは目も合わせず、さっさと降壇してしまった。

仕方なく、ヴェルニョーは投票の手続きを進めた。

「ジロンド県選出、アルマン・ジャンソネ君」

「はい。即時の死刑を求めます。ルイ・カペーの有罪に票を投じましたので、当然の結論かと」

「ジロンド県選出、ジャン・フランソワ・デュコ君」

「死刑でよいと思います。投獄だの、追放だのは生ぬるい措置かと」

「ジロンド県選出、ジャン・バティスト・ボワイエ・フォンフレード君」

「私も死刑が妥当かと。すでにフランスは共和国なわけですから」

ロラン夫人は席を立とうかと考えた。指名点呼の投票は、まだまだ終わりにならない。が、これ以上の傍聴に意味などなかった。ええ、夜更かししてまで、こんなところに留《とど》まっても、なにか嬉《うれ》しいことが起こるわけではなさそうだもの。

——負けだわ。

吐き捨てる思いだった。ジロンド県の議員数名は執行猶予を求めなかった。ジロンド派のなかから造反者が出るようでは負けだ。一致団結して「人民への呼びかけ《アペル・オ・プープル》」を押せなかったときと、同じ票決が出るばかりだ。

執行猶予を無視する連中は、まだまだ出るだろうとも疑わないのは、それがダントンが出てきた理由ではないか、昨夜の段階でジロンド派の不協和音を聞いたのではないかと、そうも思いついたからだった。

——指導者がいないから……。

いえ、そもそも私のいうことを聞かないから……。ロラン夫人は唇を噛《か》んだ。ええ、皆さん、それじゃあ、それぞれ勝手になされればよろしいわ。私のことは指導者とは認められないと仰《おっしゃ》るなら、ええ、結構、もう私は知りません。

ロラン夫人はハッとした。もう知りませんでは、済まなくなっていた。私には責任がある。そう簡単に抜けられるほど、浅い関《かか》わり方ではない。

ブリソ、ペティオン、ヴェルニョーといった指導者格は無論のこと、勝手が目立つジロンド県の面々や、いくらか血の気が多いバルバルーやイスナールに至るまで、ともにサロンで歓談した経緯がある。

――でなくても、二人については……。

ロランとビュゾの二人については、責任を逃れられるものではない。とうに覚悟は決めていたのだと、そのことを思い起こしながら、ロラン夫人は再び椅子《いす》に座りなおした。どれだけ不愉快な景色であっても、指名点呼の模様に目を戻すしかなかった。

28——その朝

ルイが目覚めたのは、いつもより少し早い午前五時だった。

眠りについたのが午前二時で、いつもより睡眠時間も短かったが、その割に熟睡した感じがある。実際ぐっすり寝たようで、侍従クレリの話では鼾《いびき》もかいていたという。

朝の身支度は、いつもと変わらなかった。シャツに着替え、白のチョッキを羽織り、最後に着古されて、裏地の滑らかな手触りと金釦《きんボタン》が往時の仕立ての良さを偲《しの》ばせるのみという、栗色《くりいろ》の上着に袖《そで》を通した。

いつもと違うといえば、全てのポッシュをひっくり返し、この一張羅から懐中時計だの、オペラグラスだの、嗅《か》ぎ煙草入《たばこい》れだの、財布だのと、細々した物を取り出さなければならないことくらいだった。

――なにも、持ってはいけないからね。

そう思って、外すものは全て外すつもりだったが、やはり手放しがたいものはあった。

かたわらに神父を立ち会わせながら、いつも通りに朝の祈りを済ませ、それから朝食を取るのも日頃の通りだったが、済ませてしまうとルイは暖炉に椅子《いす》を寄せて、そのまま動かなくなった。

飽かず眺めていたのは自分の左手、わけても異形《いぎょう》の薬指だった。

その一本だけが、ほっそりと痩《や》せていた。数カ月の幽閉生活で、少し前に比べれば総じて痩せてはいたのだが、それにしても薬指のくびれ方は尋常でない。

若い頃はもっと痩せていたということだ。その寸法で造られたので、薬指も縛られ続けた部分だけは、決して太れなかったのだ。

その痕《あと》に嵌《は》められていたのは、金色の指輪だった。

昨夜に外して、思い出した。裏側を検《あらた》めれば、一七七〇年四月十九日の日付と一緒に「MAAA」の刻印があった。「マリア・アントニア・アルキドゥキッサ・アウストリアエ（マリー・アントワネット、オーストリア大公女）」の意味である。

――あの結婚指輪を嵌めて、もう二十二年が過ぎたのだな。

こみあげる感慨がないといえば、嘘《うそ》になる。この結婚指輪をまさか自分で外す羽目になろうとは、と気持ちが嘆きに傾いたが最後で、それきり自分が壊れてしまう予感もある。だから、ルイは予定を変更することにした。ああ、今朝《けさ》は家族に会わないことにしよう。八時に会うと約束したが、神父に言伝《ことづて》して断ってもらおう。

——ああ、やはり、このまま……。

それは処刑の朝だった。

裁判の結果は予想の通りだった。一月十五日に投票が始まったが、最初に有罪が確定し、量刑を有権者第一次集会に問うという案も否決された。あげく十七日に出された結果が、死刑というものだった。

——もっとも、きわどかった。

国民公会《コンヴァンシオン》は割れた。死刑に投じられた票が三百六十六票、過半数を割るまで六票しかなかった。死刑も即時の死刑でなく、執行猶予をつけるべしという意見も、三十四票を数えた。なかんずく今の戦争が終わるまで監禁し、それから国外追放に処すべしという穏健な意見が三百十九票に上り、投獄という考えも二票あった。

しかも結果に異議が申し立てられて、十八日に指名点呼がやりなおされた。今度は即時の死刑が三百六十一票になり、過半数ぎりぎりになった。

執行猶予の必要性について、少なくとも議論しておきたいという意見が二十六票あり、はっきり執行猶予を主張する意見となると、いよいよ四十六票まで伸びた。

今の戦争が終わるまで監禁し、それから国外追放に処すべしという意見が二百八十六票に減り、投獄という考え方は二票のままだったので、執行猶予に流れた票は大方が穏健派からだったと考えられる。

いずれにせよ、結果は出された。十八日の夜九時、議長ヴェルニョーは宣言した。

「国民公会の名において申し上げます。ルイ・カペーは死刑、宣告されるべき量刑は死刑と決まりました」

十九日には執行猶予に関する議論が始められた。投票が行われ、その日の深夜、というより二十日の未明午前二時には、賛成が三百十、反対が三百八十と結論が出された。判決の執行は猶予されないことになり、二十日に量刑確定の運びとなった。夜も明けないうちから、死刑、死刑と叫んで、街路を駆け回る輩《やから》が絶えなかったが、タンプルに正式な通達があったのは、午後の二時くらいだった。

法務大臣ガラ、外務大臣ルブラン・トンデュ、内閣書記官フィリップ・グルーヴェル、それにパリ市長シャンボン・ドゥ・モントー、蜂起《ほうき》の自治委員会《コミューン》の第一助役ショーメット、国民衛兵隊司令官サンテールが訪ねてきて、そのなかのグルーヴェルが紙片を読み上げたのだ。

「フランス国民が有した最後の王は、国民の自由に対する陰謀、および国家反逆罪により有罪と宣告された。刑の執行は二十四時間以内とする」

それが昨日の出来事だった。

土壇場で恩赦があると囁《ささや》く向きもないではなかったが、夕《ゆうべ》の五時にはサン・ファルジョー事件が起きた。ルペルティエ・ドゥ・サン・ファルジョーはジャコバン派の議員であり、一仕事を終えたとパレ・ロワイヤル改めパレ・エガリテのレストランに寛《くつろ》いでいた。そこに一人の大男が、虚《うつ》ろな顔で近づいてきたというのだ。

「あんた、死刑に投票したのか」

「ああ、投票した」

そう議員が答えると、大男は短刀を取り出し、いきなり刺した。サン・ファルジョーを殺害したのは、元の近衛兵《このえへい》でパリスという男だった。

やはり王党派は許せない。やはり王は殺してしまえ。そう声が高まるばかりで、恩赦など出るはずもなかった。

――もとより、私にとっては予定の行動にすぎない。

今度もルイが動じたわけではなかった。覚悟していたより悪くなかったと思うほどだ。最後の情けということか、あるいは無視すれば暴動も起きかねないほど、ルイ十六世の境涯に寄せて、世人の同情が集まっていたのか、いずれにせよ国民公会は特別に許してくれたのだ。

ひとつには懺悔《ざんげ》告解《こっかい》が許された。聴罪神父がヘンリー・エセックス・エジワース・ドゥ・フィルモンというアイルランド人で、フランスに亡命してきて、カトリックに改宗したという変わり種である。そのせいか、いわゆる宣誓拒否僧でありながら、さほど厳しい追及を受けずにパリに留《とど》まっていた。

もうひとつには家族との面会が許された。裁判が始まった十二月十一日、その朝に引き離されたきり、やはり別々にされていた。裁判の被告が妻子と一緒に暮らしているなど非常識だと、それが当局の理屈だったが、それなら生きていても仕方ない、なるほど生きている甲斐《かい》もないと、ルイが達観を深めた理由にもなっていた。

その家族との面会が特別に許された。全員が顔を揃《そろ》えたのは、昨夜の八時頃だった。王妃マリー・アントワネット、王女マリー・テレーズ、王太子ルイ・シャルル、王妹エリザベート。

話したいことは山ほどあった。けれど、いざ会えるとなって話せることはといえば、お決まりの数語だけだった。

元気だったかい。ああ、私なら心配ない。それより、マダム、また痩せられたのではありませんか。おまえたち、お母さまを困らせてはいないだろうね。ああ、そうだね、そんなことをするはずがないね。これは、お父さまが悪かった。いや、エリザベート、おまえにも苦労かけるね。家族を助けてもらって、本当に感謝しているよ。ぎこちない笑顔のまま、言葉にできたのは実際、それくらいのものだった。

――だから、遺言を書いていてよかった。

十二月二十五日、すでにルイは作成を済ませていた。

翌二十六日には第二回公判が予定されていた。きっと死刑だとは思いながら、まだ確定もしていないのに遺言を書き始めるなど、我ながら気が早いようにも感じた。が、ちょうどノエル祭でもあり、一思いに書いて、写しを取るところまで、一気に仕上げることにしたのだ。

息子には右手に嵌めていた指輪、つまりはフランス王家の紋章がついた小型の印璽《いんじ》、王として国書に付すべき蠟印《ろういん》を押せる指輪と一緒に、次のような言葉を託した。

「我が息子に忠告しておきます。不幸にも王になるようなことあらば、同胞市民の幸福のために全力を注ぐように。あらゆる憎しみ、そして怨《うら》みは忘れなければなりません。わけても、私が余儀なくされた不幸や悲しみについては、すっかり忘れてしまいなさい。人民の幸福を実現するには、法律にしたがって統治するしかありません。しかし、同時に王たるもの、不可欠な権威なくしては、法律を順守させ、心のなかの善をなさしめることができないのです。いいかえれば、きちんと行動に結びつけなければならず、さもなくば尊敬を惹起《じゃっき》させることはできませんし、無益であるのみならず有害とも考えられてしまいます」

もちろん直接には渡せない。後に渡してくれるよう、フィルモン神父に預けてある。王妃に宛《あ》てても同じように、結婚指輪と、それまでルイが持っていた家族の髪の毛が入っている封筒を、必ず渡してくれるようにと託した。

マリー・アントワネットに残す言葉は、こうだ。

「わが妻には、私のせいで甘受しなければならなくなった不幸、そして一緒になってから今日までの間に私が与えたかもしれない悲しみについて、まず赦《ゆる》しを請いたいと思います。また妻がなにか自分を責めることがあったとしても、これだけは心配しないでほしいとお願いいたします。私には含むところなど、なにひとつないのだと」

王妃がどう受け取るか、それは知れない。また、どう受けとろうと構わない。ごくごくありきたりな赦しの文言《もんごん》としか思わないなら、それでよいのだ。が、ルイとしては、フェルセンのことを取り上げたつもりだった。

なにもなかったとは思う。が、万が一にあったとしても、マリー・アントワネットには苦しんでほしくなかった。

あったとしても構わないと、それが今の正直な気持ちだった。ああ、フェルセンのことなど、気にならない。妻が過去のある時期に、その男に心惹《こころひ》かれ、あげく身体《からだ》の関係まで取り結んでいたとしても、そんなことはどうでもよい。

――最後には、この私を愛してくれたから。

自由を制限される日々の必然として、一緒にすごす時間が増えた僥倖《ぎょうこう》なのか。あるいは家族を守ろうとして奮闘する夫の姿に、あらためて心動いたということか。いずれにせよ、今のルイは妻の心を疑っていなかった。

ヴァレンヌから後の二人は確かに夫婦だった。それも事態がタンプル幽閉にまで進めば、いよいよ男と女の関係に、つまりは、いうところの恋愛関係にさえ高まった。

おかしな言い方になったかもしれないが、王妃は間違いなく前とは違った。自分に対する態度が別物になったかもしれないが、ルイは確かに感じていた。夫婦の睦《むつ》まじさとも違う。友人としての敬意と信頼というのでもない。もっと支離滅裂で、ことによると、愚かしくさえみえる感情に支配され、それをマリー・アントワネットは隠さないようになったのだ。

――これが女というものか。

経験豊富なわけではないながら、いや、経験に乏しいからこそ、真実初めての驚きとして、ルイには取り違えようがなかった。

――私の幸福も、ここに極まれり。

そういうべきなのだろうなと、最近よく思うようにもなっていた。

だから、なにも気にならない。それが女という生き物に特有の演技であり、妻には最後の最後まで欺かれていたのだとしても、やはり少しも気にならない。

なお男でいられたと思うからだ。向こうが心動く以前に、マリー・アントワネットを愛したのだという自信が、もはや揺るがないからだ。

――だから、もうよい。

朝を迎え、この出掛けに会っていく必要もない。

ルイの覚悟に関係なく、外が騒がしくなっていた。いや、パリは警戒態勢に入ったらしく、昨夜から騒がしかった。全市的な動きかどうかは知れないが、少なくともタンプル界隈《かいわい》は物々しい気配に包まれていた。

夜中なにやら伝令の声が響いていたし、恐らくは武器が鳴るのだろうが、かちゃかちゃ金属が触れ合う小さな音も絶えなかった。大砲にいたっては、がらがら車輪の音を夜陰に響かせて、意図して安眠を妨げようとしているかのごとくだった。

さすが獣の話であり、いっそう隠せなかったのが軍馬の嘶《いなな》きで、こちらは人間たちの緊張を察知して、ひどく怯《おび》えているようだった。

なるほど、警備に国民衛兵が八万も動員されていた。明かしてくれたのが、いつもの司令官サンテールだった。もう懐中時計も携帯していないのだが、柱時計の大雑把《おおざっぱ》な時刻でいえば、タンプルへの迎えは八時半というところだ。

平常心で応じて、すぐさまルイは歩き出した。うろたえる理由もなかった。タンプル大通りに面する広場に待機していた馬車が、罪人を晒《さら》し者にするための屋根なし荷車というわけではなかったからだ。

それどころか、屋根があり、扉があり、車軸にはバネも装着されている。いつもの深緑の馬車だ。かたわらに待機して、当局が手配した神父も同乗するらしい。

——で、万事よろしい。

警備隊の詰所をすぎたあたりで、ルイは少し立ち止まった。背後の尖塔《せんとう》を見返したのは、ほんの一瞬だけだった。が、それで十分だ。ああ、万事よろしい。窓辺に白い影が覗《のぞ》いたような気がしたからには、もう思い残すことなどない。ああ、女に涙で見送られるなどと、どうして、この私も大した色男ではないか。

29――断頭台

冬の霧が立ちこめて、パリは白い蓋《ふた》でも落とされたかのようだった。

寒いは寒いが、分厚く雪が積もるほどではなかった。なるほど、昨日から喧《やかま》しかった。しんしん降り続けたならば、その雪が多少の音くらいは吸収してしまったろう。ときおり雨に変わる程度だったからこそ、物々しい気配も隠しようがなかったのだ。

あちらこちらに散らばる雪は、現に泥まみれだった。その見苦しさを目立たなくしてくれるという意味では、立ちこめる冬の霧はせめてもの幸運だったかもしれない。

もっとも人影はといえば、わざわざ隠すまでもなく、ほとんどみられなかった。

大都会らしく、パリでは道路の左右びっしりに高層建築が連続する。その窓辺に野次馬の姿はなかった。いや、物見高い連中が、これから処刑されようという元王の馬車にかぎって、なんの興味も抱《いだ》かなかったわけがない。

同乗したパリ市の役人の話では、通りに面した窓という窓を閉めておくよう、あらかじめ達しが出ていたようだった。

警備上の理由からとも、王党派が「愚かな計画」を企てているからとも説明されたが、昨夜の時点で侍従や神父に聞かされていたところでは、なかんずく当局が神経を尖《とが》らせたのは「憐憫《れんびん》の蜂起《ほうき》」であるらしかった。

なんでもルイ十六世の哀れな姿を目撃すれば、激情的に助命の運動に走る輩《やから》もないとはかぎらない、それを無理にも抑えれば暴動に発展しないともかぎらないというのだ。

——庶民は根本的に王党派だ。

パリであれ、地方であれ、そのことは変わらない。知らないでないルイであれば、いくらか心が痛んだ。家族のために死を覚悟するのでなく、人々のために命を永らえるべきだったろうかと、なんだか悪いことをしたかの後悔さえよぎった。

——というのも、これだけの騒ぎになるのだ。

人影がないといえば、低いところの路傍も同じことだった。タンプル大通り、サン・マルタン通り、サン・トノレ通りの順路では、完全な交通規制が敷かれていた。一般は馬車も、馬も、徒歩も通行止めにされてしまい、とことんパリの群集は遠ざけられていたのだが、それでも大騒ぎだったのだ。

警備の国民衛兵は、ここぞと繰り出していた。サンテールがあげた八万という数字は、あながち大風呂敷というわけではなかった。

太鼓と喇叭《らっぱ》の演奏で動き出すと、護送の馬車の前後にも、やはり多数の兵団が同行した。国民公会《コンヴァンシオン》に出頭したときと同じ、いや、それ以上の数であり、ルイが目算したところで、それぞれの騎馬憲兵は千人は下らなかった。

車窓から窺《うかが》えば、兵団は前後だけでなく左右にも詰め寄せていた。これも国民衛兵のようだと思って、同乗の役人に聞いてみると、パリ諸街区《セクシオン》の代表が千二百人ということだった。

大砲も四門までが引かれていた。最後尾には陸軍士官学校からも騎馬隊が出ているらしく、こちらのルイとしては、ある種の感慨を覚えないではいられなかった。というのも、これだけの数の兵団に囲まれるというのは、フランス王であった頃でも、そうそう頻繁《ひんぱん》にある話ではなかったぞ。

苦笑で到着した場所は、「革命広場」と呼ばれていた。

タンプルを出発して一時間半、午前十時となんとか時刻が読めたのは、遠くにテュイルリ宮の大時計棟が覗《のぞ》いていたからだった。ああ、十時ちょうどで、たぶん間違いない。かなりの距離はあるのだが、視力は悪いほうでなく、なにより文字盤の位置が直線上なので、ほんの一瞥《いちべつ》でも針を読み違えるとは思われなかった。

その革命広場というのは他でもない、「ルイ十五世広場」のことだった。

テュイルリ宮から西に連なる庭園先の八角形の広場で、そこから始まるシャンゼリゼ通りの起点でもある。広場の北側には海軍省の建物があり、その用事でルイ本人としても、何度か足を運んだことがある。

処刑が行われる場所ではなかった。普通はグレーヴ広場か、でなくともカルーゼル広場だ。それが別して革命広場になったというのは、他では手狭な感が否めないから、こしか広さを確保できないからと、そういうことのようだった。

待ち受けていたのは、いよいよの群集だった。やはり軍服が多く、パリの国民衛兵、地方から上京してきた連盟兵も少なくなかった。

それぞれ仲間で塊《かたまり》になってはいたが、整然と列を組んで、任務についているという風ではなかった。それでも銃は担いでいるというのだから、処刑見物の群集にしては質《たち》が悪いというべきか。

いずれにせよ、広場は立錐《りっすい》の余地もなかった。ただならぬ熱気も籠《こも》り、雨混じりの雪という天気であれば、ここだけ湯気になっているほどだった。馬車の窓まで白い曇りに覆われたが、それを拭《ふ》き拭き、こちらのルイは目を凝らした。

「あれは断頭台だね」

今は取り壊されてしまったが、前にルイ十五世の騎馬像が据えられていたあたりから、もう少しシャンゼリゼ通りのほうに進んだ位置だった。

縦に細長い長方形に、木材で枠が組まれていた。狭間《はざま》に鉄板が嵌《は》められて、冬空の下その鈍色《にびいろ》を底光りさせていたのだ。

「よく御存知で」

と、同乗の神父は応じた。去年の四月から使われ始めたばかりという機械です。最新の発明品ということのようです。

「だね」

答えるルイは、実際よく断頭台のことを知っていた。これで少し前までは、フランスという国家の執行権の長だったからだ。

一七九二年、つまりは、まだ去年の三月の話である。

二人の医師がテュイルリ宮を訪ねてきた。ひとりがパリ大学医学部教授ジョゼフ・イニャス・ギヨタン。もうひとりが学士院会員の外科医アントワーヌ・ルイ。新しい処刑機械を開発中なので、ひとつ意見を聞かせてほしいと、二人は執行権の長であるルイに設計図をみせてくれたのだ。

アントワーヌ・ルイは宮廷の侍医でもあり、さほど不自然な成り行きではなかった。かねて親しくしていれば、ルイの機械好きを知らないわけがないのだ。

完成した機械は、議員としてその採用を働きかけたギヨタンの名前に因《ちな》んで、「断頭台《ギヨティーヌ》」と呼ばれているとも聞いていた。つまりは議会が正式な採用を決めて、四月には初めての処刑も行われたからだが、それが実物として、いざ眼前に聳《そび》えるとなると、これはちょっとした感動を覚えずにはいられなかった。

ルイは同乗の神父に続けた。

「この機械で私も首を刎《は》ねられるのかい」

「はい」

「私だけでなく、処刑される人間は誰もが、かい」

「たぶん」

「なるほど、断頭台は人権思想と平等精神の賜物《たまもの》だというからね」

「人権と平等、でございますか」

「そうだよ。人権尊重というのは、無用な苦しみがないからだ。一瞬ひやっとするだけで、もう直後には絶命している、しごく人道的な機械なんだと、それが発明者の自薦だったな。平等だというのは、王侯貴族だから斬首《ざんしゅ》、平民だから縛り首なんて差別はなく、誰もが同じように死ねる道具だからで……」

続けていると、神父は瞠目《どうもく》の表情だった。その目は非常識や、はたまた破廉恥を責めるようでさえあった。

「いやね、断頭台の刃をみたまえ」

神父は窓の外をみた。そうそう、あの紐《ひも》で上まで引き上げられた刃だけれど、落下する面が斜めになって、三角形に加工されているだろう。

「最初は三日月のように窪《くぼ》んだ形の刃だった。あのような改良を命じたのは、他ならぬ私なのだよ」

「…………」

「機械工学の常識からして、刃が斜めでないと、人間の首なんて太いものは、とてもじゃないが断てやしないと考えてね」

なにゆえのことか、神父は言葉をなくしていた。馬車の扉が外から開けられたのは、そうして会話が途切れた拍子のことだった。

「罪人は外へ」

降車を促したのはパリの処刑役人、「ムッシュー・ドゥ・パリ」で通じるシャルル・アンリ・サンソンだった。

30——簡単な話

髭面《ひげづら》の五十男で、がっちり、たくましい体軀《たいく》が前から印象的で、もちろん初見ではなかった。他でもない、ギヨタンとアントワーヌ・ルイがテュイルリを訪ねてきた昨春に、このサンソンも関係者として同道していた。ということは、だ。

王だった頃を知るせいか、その態度は上辺の言葉遣いに違和感を覚えさせるくらい、敬意に満ちたものだった。が、サンソン、それじゃあ、かえって人々に怪しまれるよ。

馬車を降りると、刹那《せつな》、ルイは熱風に襲われた。こちらの姿を認めて、待ちかねた人々は一斉に声を上げたようだった。

確かに大きな音になり、それどころか空気の波動として地鳴りまで起こしたが、それらも事前に予想されたせいか、ルイも両手で耳を押さえ、そのうえで両足を踏ん張ることで、なんとか凌《しの》ぐことができた。それでも、その声が孕《はら》んでいた温度までは、ついぞ想像できなかった。

「すごいな」

そう呟《つぶや》いてから、ルイは処刑台に続く道を歩き始めた。

覚悟はしてきたはずなのに、さすがに少し足がもつれた。興奮の坩堝《るつぼ》にあって、そこは場馴《ばな》れしているということか、サンソンは落ち着いてみえた。いや、みえただけで、やはり内心は乱れているのか。

処刑役人は四人の助手を連れていた。うち二人は「ムッシュー・ドゥ・パリ」と顔が似ていて、年格好からしても、恐らくは弟たちだろう。

残りの二人は若者で、ひとりが近づいて、なにやら手を差し出すと、サンソンが言葉を足した。陛下、お召し物を預からせていただきます。

「だから、サンソン、そんな恐縮したような顔では、うまくないよ」

ルイは小さく声に出した。助手の手を払い、自分で外套《がいとう》を脱ぎ捨てると、そのままシャツの釦《ボタン》を外して、胸まではだけてみせるという、些《いささ》か反抗的な態度も示した。

サンソンはといえば、ハッとしたような顔で咳払《せきばら》いだった。

「処刑に先立ち、髪を切らせてもらう」

処刑される人間は、うなじのところの髪を切られる習慣だった。垂らしていては刃がかかり、うまく首を断てないからで、ルイとしても理屈は納得しないではなかった。が、今度も舌打ちして、少し抗《あらが》う素ぶりをみせた。結局は助手の手で切られたが、じゃきじやき鋏《はさみ》が鳴っている間にも、群集は大喜びの歓声だった。

抵抗を制した分だけ、やっつけたような気分が生じ、ただの段取りにも痛快さがあったのだろう。ああ、けっこう。それで、けっこう。

目で合図を送ると、サンソンは無言で背中を押してきた。

いよいよ先が階段になっていた。木材が組まれただけの簡単な階段だったが、結構な段数があり、しかも急だった。ああ、あの階段に似ているな。ヴァレンヌの街で、あれは助役の家だった。上階に向かう階段が同じように急だった。

段数も似たようなもので、ことによると、あの二階家より高さがあるかもしれない。うん、地面から六ピエ、革命が定めようとしている単位でいうと、おおよそ二メートルというところかな。

——で、これが断頭台の上か。

おかしな言い方になるが、意外に見晴らしがよかった。東にテュイルリの庭園と宮殿、それに折り重なる建物に阻まれながらも、一部分ならルーヴル宮まで展望できた。西のシャンゼリゼ通りは、いうまでもなく街路樹が見事な新しい繁華街である。

大時計棟も再び確かめることができた。時刻は十時二十分というところだ。

「太鼓をやめさせてください。私に喋《しゃべ》らせてください」

と、ルイは頼んだ。見物の輩《やから》の騒ぎ方は、ただ肉声のみではなかった。太鼓を叩《たた》き、喇叭《らっぱ》を鳴らし、ここぞと不快な音を浴びせかけてくる。

「しかし、陛下、いや……」

そうやって、サンソンは言葉に詰まった。無理な注文は百も承知のうえだった。ですから、あなたはあなたの仕事を続けてください。私は私で勝手に喋らせてもらいますから。

「それでは、こちらに寝ていただけますか」

そう指示したサンソンに頷《うなず》きながら、ルイは声を張り上げた。私は無実の罪で死にます。けれど、私は私の死を演出した人々を許します。このような方法で流れる血が、私のあと、二度とフランスに流れることがないようにも祈ります。

革命広場の群集には、たぶん何も聞こえなかったはずだった。が、サンソンたちには聞こえただろう。後の世に昔話として語り継いでくれることもあるだろう。

そうこうする間にも、ルイは自由を奪われていた。いったん寝そべったが最後で、あとは台上に身体《からだ》の各所を革帯で縛りつけられるのだ。

顎《あご》の下に大きな籠《かご》がみえた。胴体から切り離されたとき、ころりと落ちる首を受け止めるための籠だろう。

ぶるとルイは一度だけ身震いした。うつぶせで動けなくなってみると、やはりというか、身体の下の板は冷たく、また硬かった。

――だが、この姿勢そのものは……。

おかしな話だ、とルイは我ながら苦笑した。こんなに冷たく、硬いものに、あんな温かく、柔らかなものを連想するなんてね。

不意に思い出されたのは、王妃の腹上にいるときのことだった。ああ、昨夜にしても遠ざけるべきではなかったか。マリー・アントワネットは一緒にいたいと訴えてきたのだから、あえて断るべきではなかったか。もう死ぬのだから、最後にもう一回くらいよかったか。

そんなことを思いながら、ルイは気づいた。もう何回目になるのか、わからない。もう数えなくなって、いくらかたつ。いちいち数えるまでもなくなっていたからだ。すっかり当たり前になっていたのだ。

――幸せだった。

ああ、あの刹那の安らぎといったらなかった。至上の快感が駆けて……。そのあとに無条件の解放が訪れて……。

知らず薄目になっていた。それだけに群集の怒面という怒面は、まさに異常なものとしてよくみえた。そんなに怒ることはない。そんなに醜く顔を歪《ゆが》めて、怒鳴る理由がどこにある。ああ、そうか、諸君らはさせてもらっていないのか。なんと哀れな男たちだ。できることなら、私が享受していた幸せを、皆にも分けてあげたいくらいだ。ああ、王妃さえ承知するなら、私のほうに異存はない。もう死んでしまうのだから、分けることに異存はない。

――あのフェルセンにだって……。

そう呟いたとき、ルイを捕えたのは後悔のような感情だった。

マリー・アントワネットが愛したことがあろうとなかろうと、そんなことは、どうでもよい。すでに達観していたが、今このときの思いをいえば、むしろ関係していてほしかった。ああ、フェルセンが愛人であってほしい。それも肉体の関係がある愛人で、私と同じ幸せを何度も与えられていてほしい。なんとなれば、もう私はいなくなってしまうのだ。もう王妃を守る者もいなくなってしまうのだ。

――なのに、どうして遠ざけたのか。

後悔でないならば、その感情は焦りだった。ああ、あれほど献身的な男を、どうして私は遠ざけたのか。

焦りは自分に対する怒りにも転化した。ああ、私ときたら、なんと愚かしい真似《まね》をしたことか。フェルセンの全体なにが許せなかったのか。あの女の豊かな臀部《でんぶ》に包まれながら、ついに果てたときの安らぎを与えられていたとして、一体どこにこだわる理由があるのか。

なるほど、マリー・アントワネットは王妃であり、であるからにはフランス王家の血を受け継ぐ嫡子《ちゃくし》は残さなければならなかった。が、それなら果たしてくれた。そのあとなら問題ないのだ。

それはヴェルサイユにおける貴族社会の常識だった。子作りのあとは男も女も好きにやる。それぞれに相手を探して、夜毎《よごと》の放縦《ほうしょう》に耽《ふけ》る。

個人の存念をいえば、そのような実のない関係は嫌いだった。真実の愛がないならば、許される行為ではないとも信じてきた。が、その至高の価値を手に入れた今にして、ルイは期せずして開眼したのだ。

ああ、なにが悪い。他の男と関係していて、なにが悪い。複数を受け入れたとして、なにが悪い。誰に与えていたとしても、それが幸福であるかぎり、悪と咎《とが》められるはずもない。仮に悪いのだとしても、その男たちを妻が受け入れるのならば、私に咎める権利はない。なんとなれば、マリー・アントワネットの身体は私のものではない。

——あの女も一個の人間であり、であるかぎり誰かの所有物ではありえない。

力みながら、そうまで心に唱えたときにハッとした。ああ、そうだ。所有物ではない。妻のみならず、誰もが誰かの所有物ではありえない。その本性からして、人間は自由だからだ。誰と、どんな関係を結ぼうが、それこそ社会契約で、個々人の自由なのだ。

人間が人間を所有することなどできない。

——なのに私は朕《ちん》の臣民などと呼び……。

ルイのなかで心の地平が広がっていた。ああ、マリー・アントワネットだけではない。私はフランスという国も、この国に暮らすフランス人たちも、全て自分のものだと考えてきた。そう教えられてきたし、それが当然だとも思った。

いや、違うと革命に教えられて、それからは人民の主権といい、人間の生まれながらの権利といい、きちんと理解も示してきた。が、まるで、わかっていなかったのだ。頭ではわかっていても、実感になっていなかったのだ。だから、うまくいかなかったのだ。

——うまくいく道がないでもなかっただろうに……。

今のルイにすれば、簡単な話だった。ああ、つまりは愛することだ。マリー・アントワネットという女を愛したのと同じように、フランスという国に暮らす人々のことも、とことん愛することができたなら、その自由を認められたに違いない。

裏を返せば、そんな簡単なことができなかった。何百年とフランスに君臨してきていながら、この私にいたるまでフランスの王という王は、最後まで誰ひとりとして……。

——だから、私は死のう。

仮に罪がないとしても死のう。なんとなれば、人間を所有できると考えて、その横暴を人々に押しつけていた先人たちの罪を、この私は一身に背負わなくてはならないのだ。

——キリストが背負ったように……。

人々は怒号を張り上げ続けた。醜く顔を歪めたまま、救われる様子もなかった。やはり間違いない。やはり私は死ぬべきだ。

できるかぎり顔を上げると、ルイは大きく目を開いた。断頭台の口穴はテュイルリ宮の方角を向いていた。また大時計棟がみえた。

――十時二十四分。

十時二十分には断頭台に到着して、二十二分には身体を縛られていたろうから、そろそろという時刻である。

実際、みえない頭上に側柱から紐が外される気配があった。刃を吊《っ》り上げていた紐だ。それが外され、サンソンの手に握られれば、これまで固定されていたものが、もういつでも動き出すことができる。

「ああ、よいぞ、サンソン」

返事はなかった。ただ物が走る気配はあった。

確かに一瞬ひやっとするだけだった。ルイの景色は、ゆっくりと斜めになった。籠の編み目が大きくなったと思うや、あとが黒一色だった。

主要参考文献

・B・ヴァンサン『ルイ16世』神田順子訳　祥伝社　2010年
・J・Ch・プティフィス『ルイ十六世』（上下）小倉孝誠監修　玉田敦子／橋本順一／坂口哲啓／真部清孝訳　中央公論新社　2008年
・J・ミシュレ『フランス革命史』（上下）桑原武夫／多田道太郎／樋口謹一訳　中公文庫　2006年
・R・ダーントン『革命前夜の地下出版』関根素子／二宮宏之訳　岩波書店　2000年
・R・シャルチエ『フランス革命の文化的起源』松浦義弘訳　岩波書店　1999年
・G・ルフェーヴル『1789年―フランス革命序論』高橋幸八郎／柴田三千雄／遅塚忠躬訳　岩波文庫　1998年
・G・ルフェーブル『フランス革命と農民』柴田三千雄訳　未来社　1956年
・S・シャーマ『フランス革命の主役たち』（上中下）栩木泰訳　中央公論社　1994年
・F・ブリュシュ／S・リアル／J・テュラール『フランス革命史』國府田武訳　白水社文庫クセジュ　1992年
・B・ディディエ『フランス革命の文学』小西嘉幸訳　白水社文庫クセジュ　1991年
・E・バーク『フランス革命の省察』半澤孝麿訳　みすず書房　1989年
・J・スタロバンスキー『フランス革命と芸術』井上堯裕訳　法政大学出版局　1989

年
・G・セレブリャコワ『フランス革命期の女たち』（上下）西本昭治訳　岩波新書　1973年
・スタール夫人『フランス革命文明論』（第1巻〜第3巻）井伊玄太郎訳　雄松堂出版　1993年
・A・ソブール『フランス革命と民衆』井上幸治監訳　新評論　1983年
・A・ソブール『フランス革命』（上下）小場瀬卓三／渡辺淳訳　岩波新書　1953年
・G・リューデ『フランス革命と群衆』前川貞次郎／野口名隆／服部春彦訳　ミネルヴァ書房　1963年
・A・マチエ『フランス大革命』（上中下）ねづまさし／市原豊太訳　岩波文庫　1958〜1959年
・J・M・トムソン『ロベスピエールとフランス革命』樋口謹一訳　岩波新書　1955年
・新人物往来社編『王妃マリー・アントワネット』新人物往来社　2010年
・安達正勝『フランス革命の志士たち』筑摩選書　2012年
・安達正勝『物語　フランス革命』中公新書　2008年
・野々垣友枝『1789年　フランス革命論』大学教育出版　2001年
・河野健二『フランス革命の思想と行動』岩波書店　1995年
・河野健二／樋口謹一『世界の歴史15　フランス革命』河出文庫　1989年
・河野健二『フランス革命二〇〇年』朝日選書　1987年

・河野健二『フランス革命小史』岩波新書　１９５９年
・柴田三千雄『フランス革命』岩波書店　１９８９年
・柴田三千雄『パリのフランス革命』東京大学出版会　１９８８年
・芝生瑞和『図説　フランス革命』河出書房新社　１９８９年
・多木浩二『絵で見るフランス革命』岩波新書　１９８９年
・川島ルミ子『フランス革命秘話』大修館書店　１９８９年
・田村秀夫『フランス革命』中央大学出版部　１９７６年
・前川貞次郎『フランス革命史研究』創文社　１９５６年

◇

・Artarit, J., *Robespierre*, Paris, 2009.
・Bessand-Massenet, P., *Femmes sous la Révolution*, Paris, 2005.
・Bessand-Massenet, P., *Robespierre: L'homme et l'idée*, Paris, 2001.
・Bonn, G., *Camille Desmoulins ou la plume de la liberté*, Paris, 2006.
・Bonn, G., *La Révolution française et Camille Desmoulins*, Paris, 2010.
・Carrot, G., *La garde nationale*, 1789–1871, Paris, 2001.
・Chaussinand-Nogaret, G., *Louis XVI*, Paris, 2006.
・Claretie, J., *Camille Desmoulins, Lucile Desmoulins*, Paris, 1875.
・Cubells, M., *La Révolution française: La guerre et la frontière*, Paris, 2000.
・Dingli, L., *Robespierre*, Paris, 2004.

- Félix, J., *Louis XVI et Marie-Antoinette*, Paris, 2006.
- Furet, F., Ozouf, M. et Baczko, B., *La Gironde et les Girondins*, Paris, 1991.
- Gallo, M., *L'homme Robespierre: Histoire d'une solitude*, Paris, 1994.
- Gallo, M., *Révolution française: Le peuple et le roi 1774–1793*, Paris, 2008.
- Gallo, M., *Révolution française: Aux armes, citoyens! 1793–1799*, Paris, 2009.
- Hardman, J., *The French revolution sourcebook*, London, 1999.
- Haydon, C. and Doyle, W., *Robespierre*, Cambridge, 1999.
- Lever, É., *Louis XVI*, Paris, 1985.
- Lever, É., *Marie-Antoinette*, Paris, 1991.
- Lever, É., *Marie-Antoinette: La dernière reine*, Paris, 2000.
- Louis XVI, *Testaments et manifestes de Louis XVI*, Paris, 2009.
- Marie-Antoinette, *Correspondance, T.1–T.2*, Clermont-Ferrand, 2004.
- Mason, L., *Singing the French revolution: Popular culture and politics 1787–1799*, London, 1996.
- Mathan, A. de, *Girondins jusqu'au tombeau: Une révolte bordelaise dans la Révolution*, Bordeaux, 2004.
- Mathiez, A., *Le club des Cordeliers pendant la crise de Varennes, et le massacre du Champ de Mars*, Paris, 1910.
- McPhee, P., *Living the French revolution 1789–99*, New York, 2006.
- Monnier, R., *À Paris sous la Révolution*, Paris, 2008.

- Philonenko, A., *La mort de Louis XVI*, Paris, 2000.
- Robespierre, M. de, *Œuvres de Maximilien Robespierre, T. 1–T. 10*, Paris, 2000.
- Robinet, J.F., *Danton homme d'État*, Paris, 1889.
- Saint-Just, *Œuvres complètes*, Paris, 2003.
- Scurr, R., *Fatal purity: Robespierre and the French revolution*, New York, 2006.
- Tackett, T., *Le roi s'enfuit: Varennes et l'origine de la Terreur*, Paris, 2004.
- Vovelle, M., *Combats pour la révolution française*, Paris, 2001.
- Vovelle, M., *Les Jacobins: De Robespierre à Chevènement*, Paris, 1999.
- Walter, G., *Marat*, Paris, 1933.

解　説

安達正勝

この第十二巻は国王一家がタンプル塔に収容されている場面から始まる。巻の全体的テーマは、前国王ルイ十六世の裁判と死。裁判をめぐってジロンド派とジャコバン派との間で熾烈《しれつ》な主導権争いが繰り広げられるが、その抗争の舞台となるのは国民公会である。国民公会とはどのような議会であったのかについて語らなければならないが、その前に、国王一家がタンプル塔に収監されるまでの経緯を簡単におさらいしておこう。

フランス革命は、王政を倒すために開始されたのではなかった。革命初期のスローガン「国民、国王、国法！」がよく物語っているように、国民と国王が一致協力して絶対王政の悪弊を正し、新たに憲法を制定しよう、そうすればすばらしい世の中になる、という楽観的雰囲気のうちに革命は開始されたのであった。革命前の社会システムはいろいろな面で時代に合わなくなっていたので、革命は遅かれ早かれいつかは起こるべきものだったが、革命勃発《ぼっぱつ》の直接的引き金になったのは国家財政の破綻《はたん》であった。ルイ十六世は革命前十五年間の治世において改革派の国王としてかなりの成果を上げ、国民にも絶大な人気があり、当初は革命を支持すると公言していた。

しかし、革命の進展とともに王権に制限が加えられ、行動の自由が制約されたことがルイ十六世とマリー・アントワネットには我慢ならなかった。そこで、いったんパリを脱出し、忠誠な軍隊とともに地方に拠点を定めて態勢を立て直し、革命の主導権を取り戻そうとした。こうして起こったのが「ヴァレンヌ逃亡事件」である。これに失敗した後は、それまでの国民と国王の信頼関係が崩れ、「王政を廃止して、共和国にせよ」という声が沸き起こってくる。それでも、革命指導者たちには「国王」が必要だったので、一七九一年九月、憲法にもとづく王政が成立し、ルイ十六世は国家元首の地位を確保した。けれども、対ヨーロッパ戦争の始まりが王家の立場を決定的に悪くする。一般のフランス国民は戦争に勝つために懸命の努力を続けていたが、一方、宮廷はフランスが戦争に負けて革命がつぶされることを期待していた。このため、戦時体制強化のために打ち出された二つの法令にルイ十六世は拒否権を発動した。憲法で認められていた国王の権限とはいえ、戦意に水を差されて人々は憤激し、ついに一七九二年八月十日、チュイルリー宮殿攻防戦をへて、王政が倒されるに至る。

国王一家がタンプル塔に収監されたのは、この三日後であった。この時、ルイ十六世は「どうして、また、こんなことに……」とつぶやくのであるが、この問いに佐藤氏は巻末でルイ十六世自らに「ああ、つまりは愛することだ。マリー・アントワネットという女を愛したのと同じように、フランスという国に暮らす人々のことも、とことん愛することができたなら、その自由を認められたに違いない」と答えさせている。この言葉は小説家としてのイマジネーションによるものだが、意味するところは深くて重い。

ルイ十六世は囚《とら》われの境涯に身を落としたのだが、悪いことばかりでもなかった。それまでは、ヴェルサイユ宮殿にしてもチュイルリー宮殿にしても、だだっ広いところで大勢の廷臣侍女たちに囲まれて暮らしてきた。タンプル塔で初めて一家水入らずの生活を体験し、その悠揚迫らぬ態度からマリー・アントワネットにも見直され、結婚して二十年以上たってやっと妻に愛されるようになったと実感できた。

この巻では、頁の大半が国民公会における議員たちの討論の模様を描くことに費やされている。演説の内容が詳しく紹介され、描写は臨場感にあふれている。

国民公会は、三部会から発展した憲法制定国民議会、立法議会に続く三つ目の国会で、史上初めて普通選挙で選ばれた。マラー、ダントン、ロベスピエールらフランス革命を代表する革命家がずらりと顔を揃《そろ》えた国民公会は、全革命期を通じてもっとも強力な議会であった。国会は本来立法府であるが、それまで行政を担ってきた王政が消滅したため、行政府も兼ねることになったところが国民公会の大きな特徴である。

国民公会は、一七九二年九月二十一日に王政廃止を正式に宣言した。この初仕事の後に問題になるのが、国王の裁判である。ルイ十六世は二枚舌を使って国民を欺《あざむ》いたとして裁判にかけられることになったが、ジロンド派はこれ以上の革命の先鋭化を望まず、国王の裁判を先送りしたかった。ジャコバン派は早急に裁判を行ないたかった。両派の間には「平原派」あるいは「沼派」と呼ばれる中間派がおり、数から言えばこの派の議員がいちばん多かった。中間派は最初はジロンド派に追従していたが、しだいしだいにジャコバン派に従うようになる。というのも、言い逃れ的議論に終始するジロンド派の革命指導能力に疑問を持ったからである。日和見主義者だとは言え、中間派としても、また貴族の尻に敷かれるのはまっぴらごめん、革命の成果は絶対的に守るべきものだった。

国王裁判をめぐる国会の趨勢《すうせい》を決定的にしたのが、十一月十三日のサン・ジュストの演説であった。これを佐藤氏は「名演説」と銘打っている。最初は二十五歳の最年少議員の初登場をからかい半分に迎えた議員たちであったが、短刀のように突き刺さる鋭い言葉に啞然《あぜん》とさせられ、声もなかった。それが女性のような唇から発せられるだけに、よりいっそう衝撃的だった。この演説は、二百年以上たった今日においてもなお人を驚愕《きょうがく》させるだろう。サン・ジュストは若くてハンサム、頭が切れるということで、日本にもファンが多い。

この巻で物語の進行役を務めているのは、主としてロラン夫人である。彼女が登場することによって話が先に進む仕組みになっている。読者にはすでにお馴染《なじ》みであろうが、ロラン夫人は「ジロンド派の女王」と呼ばれ、この党派の事実上の指導者であった。しかし、「女性は目につくような行動をするべきではない」と考える古き良き時代の女性でもあり、自分が表立って活動できないもどかしさに悩まされてきた。このことには、本書でも随所で言及されている。ロラン夫人は、もとはと言えば、彫金師の娘にすぎない。庶民出の女性が、一時的にもせよ、王妃に対抗しうるような政治的影響力を発揮してみせたことは、新しい革命の時代を象徴する出来事だった。

ジロンド派は国王の死を望んでいなかった。できれば国王を助けたかった。それは人道的・思想的観点からでもあったし、国王が処刑されれば革命がさらに急進化し、ジャコバン派に主導権を奪われることになるという危機感からでもあった。が、ジロンド派は正面切って国王の死刑に反対できず、「執行猶予付きで死刑賛成」という中途半端な態度を取る議員が続出した。ジロンド派としては妙手のつもりだったのかもしれないが、「執行猶予付き」でも、票数としては「死刑賛成票」として数えられるということに思いが及ばなかったのだろうか？　死刑賛成と反対の票差はごくわずかだったから、ジロンド派が断固として死刑反対の態度を貫いたならば、死刑は回避されたであろう。国王の死は、やがてはジロンド派の死につながるのである。

ここで、国王の処刑が持つ歴史的意味について考えてみよう。十九世紀半ばに名著

『フランス革命史』を書いたミシュレの見解がわかりやすい。ミシュレは資料考証を厳密に行なった上で人間の心の襞にまでも分け入って過去を再現しようという歴史家であり、前述の革命史は刊行から百五十年以上たった今も新刊で購入できる。

「国王の威信などというものは取るに足りないもの、国王の首もほかの首と同じように落ちるもの、この生ける神が死んだところで天変地異が起こるわけではないし、稲妻が走ったり、雷が鳴ったりするわけでもないということを、人々に示してみせることがぜひとも必要だった。そしてまた、人間というものは精神的存在であるだけでなく肉体的存在でもあるのだから、ルイ十六世の断ち切られた首と胴体において実際に王政に手を触れ、さわり心地を確かめ、いじくり回してみない限りは、人々は王政の死を決して確信することができないだろう、と山岳派は信じていたようにも思われる。――そうなって初めて、フランスは自明の事実によって説得され、『私はこの目で見た、信じる……。確かなことだ、国王は死んだ……。共和国万歳！』と言うことになるだろう」

一言で言って、過去の残滓《ざんし》を一掃するため、共和国を確固としたものにするために、国王の死が必要とされたのであった。

国王の処刑は、戦争中のヨーロッパ諸国に対する断固たる態度表明にもなった。革命家諸君は退路を断ったのであり、国王皇帝が君臨するヨーロッパ諸国との妥協はもはやあり得ず、なにがなんでも勝利を目指して前に突き進むしかなくなった。

死刑執行人サンソンは、ルイ十六世を敬愛していた。先祖代々の家業とあきらめて仕事を続けてきたが、「自分は国王陛下によって任命された」ことを心の支えにしてきた。その国王を処刑せざるを得なくなったのだから、煩悶《はんもん》は大きかっただろう。サンソンもルイ十六世も、非常に心やさしい人物である。それを佐藤氏はさりげない筆致で見事に描き出している。

最後に、『小説フランス革命』を一つのフランス革命史として見た場合の特徴について一言述べておきたい。まず、「小説」と明言することによって、想像力を交えたゆたかな表現が可能になる。革命の流れを日常生活のレベルでたどれるのは、読者にとって大きなメリットであろう。たとえば、国民公会の議場を訪れ、議員たちの討論を見守るロラン夫人の様子、心の動きによって、読者は革命についてより具体的なイメージを得ることができる。断頭台上でルイ十六世が妻マリー・アントワネットとフェルセンの関係を思いやる場面などは、作家として佐藤氏が思う存分に筆を走らせたのであって、まさしく氏の独壇場の観がある。

（あだち・まさかつ　フランス文学者）

小説フランス革命　1～18巻　関連年表

（　の部分が本巻に該当）

1

1774年5月10日	ルイ16世即位
1775年4月19日	アメリカ独立戦争開始
1777年6月29日	ネッケルが財務長官に就任
1778年2月6日	フランスとアメリカが同盟締結
1781年2月19日	ネッケルが財務長官を解任される
1787年8月14日	国王政府がパリ高等法院をトロワに追放
	——王家と貴族が税制をめぐり対立——
1788年7月21日	ドーフィネ州三部会開催
8月8日	国王政府が全国三部会の召集を布告
8月16日	「国家の破産」が宣言される
8月26日	ネッケルが財務長官に復職
	——この年フランス全土で大凶作——
1789年1月	シェイエスが『第三身分とは何か』を出版

	3月23日	マルセイユで暴動
	3月25日	エクス・アン・プロヴァンスで暴動
	4月27～28日	パリで工場経営者宅が民衆に襲われる（レヴェイヨン事件）
	5月5日	ヴェルサイユで全国三部会が開幕
	同日	ミラボーが『全国三部会新聞』発刊
	6月4日	王太子ルイ・フランソワ死去
	6月17日	第三身分代表議員が国民議会の設立を宣言
1789年	6月19日	ミラボーの父死去
	6月20日	球戯場の誓い。国民議会は憲法が制定されるまで解散しないと宣誓
	6月23日	王が議会に親臨、国民議会に解散を命じる
	6月27日	王が譲歩、第一・第二身分代表議員に国民議会への合流を勧告
	7月7日	国民議会が憲法制定国民議会へと名称を変更
		——王が議会へ軍隊を差し向ける——
	7月11日	ネッケルが財務長官を罷免される
	7月12日	デムーランの演説を契機にパリの民衆が蜂起

1789年7月14日 パリ市民によりバスティーユ要塞陥落
——地方都市に反乱が広まる——
7月15日 バイイがパリ市長に、ラ・ファイエットが国民衛兵隊司令官に就任
7月16日 ネッケルがみたび財務長官に就任
7月17日 ルイ16世がパリを訪問、革命と和解
7月28日 ブリソが『フランスの愛国者』紙を発刊
8月4日 議会で封建制の廃止が決議される
8月26日 議会で「人間と市民の権利に関する宣言」(人権宣言)が採択される
9月16日 マラが『人民の友』紙を発刊
10月5〜6日 パリの女たちによるヴェルサイユ行進。国王一家もパリに移動
1789年10月9日 ギヨタンが議会で断頭台の採用を提案
10月10日 タレイランが議会で教会財産の国有化を訴える
10月19日 憲法制定国民議会がパリに移動
10月29日 新しい選挙法・マルク銀貨法案が議会で可決
11月2日 教会財産の国有化が可決される

3

4

11月頭　ブルトン・クラブが憲法友の会と改称し、集会場をパリのジャコバン僧院に置く（ジャコバン・クラブの発足）
11月28日　デムーランが『フランスとブラバンの革命』紙を発刊
12月19日　アッシニャ（当初国債、のちに紙幣としても流通）発売開始
1790年1月15日　全国で83の県の設置が決まる
3月31日　ロベスピエールがジャコバン・クラブの代表に
4月27日　コルドリエ僧院に人権友の会が設立される（コルドリエ・クラブの発足）
1790年5月12日　パレ・ロワイヤルで1789年クラブが発足
5月22日　宣戦講和の権限が国王と議会で分有されることが決議される
6月19日　世襲貴族の廃止が議会で決まる
7月12日　聖職者の俸給制などを盛り込んだ聖職者民事基本法が成立
7月14日　パリで第一回全国連盟祭
8月5日　駐屯地ナンシーで兵士の暴動（ナンシー事件）
9月4日　ネッケル辞職

5

1790年9月初旬	エベールが『デュシェーヌ親爺』紙を発行
1790年11月30日	ミラボーがジャコバン・クラブの代表に
12月27日	司祭グレゴワール師が聖職者民事基本法に最初に宣誓
12月29日	デムーランとリュシルが結婚
1791年1月	宣誓聖職者と宣誓拒否聖職者が議会で対立、シスマ（教会大分裂）の引き金に
1月29日	ミラボーが第44代憲法制定国民議会議長に
2月19日	内親王二人がローマへ出立。これを契機に亡命禁止法の議論が活性化
4月2日	ミラボー死去。後日、国葬でパンテオンに偉人として埋葬される
1791年6月20～21日	国王一家がパリを脱出、ヴァレンヌで捕らえられる（ヴァレンヌ事件）

6

7

1791年6月21日　一部議員が国王逃亡を誘拐にすりかえて発表、廃位を阻止
7月14日　パリで第二回全国連盟祭
7月16日　ジャコバン・クラブ分裂、フイヤン・クラブ発足
7月17日　シャン・ドゥ・マルスの虐殺
1791年8月27日　ピルニッツ宣言。オーストリアとプロイセンがフランスの革命に軍事介入する可能性を示す
9月3日　91年憲法が議会で採択
9月14日　ルイ16世が憲法に宣誓、憲法制定が確定
9月30日　ロベスピエールら現職全員が議員資格を失う
10月1日　新しい議員たちによる立法議会が開幕
——秋から天候が崩れ大凶作に——
11月9日　亡命貴族の断罪と財産没収が法案化
11月16日　ペティオンがラ・ファイエットを選挙で破りパリ市長に
11月25日　宣誓拒否僧監視委員会が発足

8　9

1791年11月28日　ロベスピエールが再びジャコバン・クラブの代表に
12月3日　亡命中の王弟プロヴァンス伯とアルトワ伯が帰国拒否声明
——王、議会ともに主戦論に傾く——
12月18日　ロベスピエールがジャコバン・クラブで反戦演説
1792年1月24日　立法議会が全国5万人規模の徴兵を決定
3月3日　エタンプで物価高騰の抑制を求めて庶民が市長を殺害（エタンプ事件）
3月23日　ロランが内務大臣に任命され、ジロンド派内閣成立
3月25日　フランスがオーストリアに最後通牒を出す
4月20日　オーストリアに宣戦布告
——フランス軍、緒戦に敗退——
6月13日　ジロンド派の閣僚が解任される
6月20日　パリの民衆がテュイルリ宮へ押しかけ国王に抗議、
しかし蜂起は不発に終わる

10

1792年7月6日	デムーランに長男誕生
7月11日	議会が「祖国は危機にあり」と宣言
7月25日	ブラウンシュヴァイク宣言。オーストリア・プロイセン両国がフランス王家の解放を求める
8月10日	パリの民衆が蜂起しテュイルリ宮で戦闘。王権停止（8月10日の蜂起）
8月11日	臨時執行評議会成立。ダントンが法務大臣、デムーランが国璽尚書に
8月13日	国王一家がタンプル塔へ幽閉される

11

1792年9月2〜6日	パリ各地の監獄で反革命容疑者を民衆が虐殺（九月虐殺）
9月20日	ヴァルミィの戦いでデュムーリエ将軍率いるフランス軍がプロイセン軍に勝利
9月21日	国民公会開幕、ペティオンが初代議長に。王政廃止を決議
9月22日	共和政の樹立（フランス共和国第1年1月1日）
11月6日	ジェマップの戦いでフランス軍がオーストリア軍に勝利、約ひと月でベルギー全域を制圧

12

1792年11月13日	国民公会で国王裁判を求めるサン・ジュストの名演説
11月27日	フランスがサヴォワを併合
12月11日	ルイ16世の裁判が始まる
1793年1月20日	ルイ16世の死刑が確定
1月21日	ルイ16世がギロチンで処刑される
1793年1月31日	フランスがニースを併合
	——急激な物価高騰——
2月1日	国民公会がイギリスとオランダに宣戦布告
2月14日	フランスがモナコを併合
2月24日	国民公会がフランス全土からの30万徴兵を決議
2月25日	パリで食糧暴動
3月10日	革命裁判所の設立。同日、ヴァンデの反乱。これをきっかけに、フランス西部が内乱状態に
4月6日	公安委員会の発足
4月9日	派遣委員制度の発足

13

1793年5月21日　十二人委員会の発足
5月31日〜6月2日　アンリオ率いる国民衛兵と民衆が国民公会を包囲、ジロンド派の追放と、ジャコバン派の独裁が始まる
6月3日　亡命貴族の土地売却に関する法律が国民公会で決議される
6月24日　共和国憲法（93年憲法）の成立

14

1793年7月13日　マラが暗殺される
7月27日　ロベスピエールが公安委員会に加入
8月23日　国民総動員令による国民皆兵制が始まる
8月27日　トゥーロンの王党派が蜂起、イギリスに港を開く
9月5日　パリの民衆がふたたび蜂起、国民公会で恐怖政治（テルール）の設置が決議される
9月17日　嫌疑者法の成立
9月29日　一般最高価格法の成立

15

1793年10月5日　革命暦（共和暦）が採用される（フランス共和国第2年1月19日）
10月16日　マリー・アントワネットが処刑される
10月31日　ブリソらジロンド派が処刑される
11月8日　ロラン夫人が処刑される
11月10日　パリで理性の祭典。脱キリスト教運動が急速に進む
12月5日　デムーランが『コルドリエ街の古株』紙を発刊
12月19日　ナポレオンらの活躍によりトゥーロン奪還、
この頃ヴァンデの反乱軍も次々に鎮圧される

1794年
——食糧不足がいっそう深刻に——
3月3日　反革命者の財産を没収し貧者救済にあてる風月法が成立
3月5日　エベールを中心としたコルドリエ派が蜂起、失敗に終わる
3月24日　エベール派が処刑される

1794年4月1日　執行評議会と大臣職の廃止、警察局の創設
——公安委員会への権力集中が始まる——

16

17

4月5日	ダントン、デムーランらダントン派が処刑される
4月13日	リュシルが処刑される
5月10日	ルイ16世の妹エリザベート王女が処刑される
5月23日	ロベスピエールの暗殺未遂（赤服事件）
6月4日	共通フランス語の統一、フランス各地の方言の廃止
6月8日	シャン・ドゥ・マルスで最高存在の祭典。ロベスピエールの絶頂期
6月10日	訴訟手続きの簡略化を図る草月法が成立。恐怖政治の加速
6月26日	フルーリュスの戦いでフランス軍がオーストリア軍を破る
1794年7月26日	ロベスピエールが国民公会で政治の浄化を訴えるが、議員ら猛反発
7月27日	国民公会がロベスピエールに逮捕の決議、パリ自治委員会が蜂起（テルミドール九日の反動）
7月28日	ロベスピエール、サン・ジュストら処刑される

18

初出誌　「小説すばる」二〇一〇年八月号〜二〇一〇年十一月号

二〇一二年六月に刊行された単行本『ジロンド派の興亡　小説フランス革命Ⅶ』と、同年九月に刊行された単行本『共和政の樹立　小説フランス革命Ⅷ』（共に集英社刊）の二冊を文庫化にあたり再編集し、三分冊しました。

本書はその三冊目にあたります。

佐藤賢一の本

王妃の離婚

1498年フランス。国王が王妃に対して離婚裁判を起こした。田舎弁護士フランソワは、その不正な裁判に義憤にかられ、孤立無援の王妃の弁護を引き受ける……。直木賞受賞の傑作。

集英社文庫

佐藤賢一の本

カルチェ・ラタン

時は16世紀。学問の都パリはカルチェ・ラタン。世間知らずの夜警隊長ドニと女たらしの神学僧ミシェルが巻き込まれたある事件とは？　宗教改革の嵐が吹き荒れる時代の青春群像。

集英社文庫

S 集英社文庫

共和政《きょうわせい》の樹立《じゅりつ》 小説《しょうせつ》フランス革命《かくめい》12

2014年11月25日 第1刷
2020年10月10日 第2刷

定価はカバーに表示してあります。

著 者 佐藤賢一《さとうけんいち》

発行者 徳永 真

発行所 株式会社 集英社
東京都千代田区一ツ橋2-5-10 〒101-8050
電話 【編集部】03-3230-6095
【読者係】03-3230-6080
【販売部】03-3230-6393(書店専用)

印 刷 凸版印刷株式会社

製 本 凸版印刷株式会社

フォーマットデザイン アリヤマデザインストア マークデザイン 居山浩二

ISBN978-4-08-745247-1 C0193